EIN JOCKEY FÜR STERN

Über die Autorin:

Joanna Campbell wurde am 2. November 1946 in Norwalk, Connecticut, geboren.
Nachdem Joanna das Norfolk Community College abgeschlossen hatte, heiratete sie 1969 Kenneth M. Campbell. Die Ehe, aus der Joannas zwei Kinder Kimberly und Kenneth hervorgingen, wurde jedoch geschieden. 1988 heiratete sie Ian Bruce. Die Familie zog nach Maine und lebt heute an der Küste in Camden.
Joanna Campbell ist Autorin von Erwachsenen- und Jugendbüchern.
1981 veröffentlichte sie ihren ersten Roman für Jugendliche.
Bevor sie sich aber ganz dem Schreiben widmete, besaß sie ein Antiquitäten-Versand-Unternehmen. Außerdem studierte sie Gesang und klassisches Piano und arbeitete professionell in beiden Bereichen. Sie liebt Tiere, besonders Pferde, und hatte selbst eine Quarter-Horse-Mischung namens Moe.

Joanna Campbell hat für ihre literarische Arbeit bereits verschiedene Auszeichnungen erhalten, wie zum Beispiel
West Coast Review of Books Bronze Forgi, 1984, Historical Fiction.
Romantic Times Award, Best Time Travel Novelist, 1984
Romantic Times Reviewer's Choice Award, 1984 für „Love Once Again".
Minnesota Youth Reading Association Lovelace Reading Award für „The Mustang", 1991.

Die Vollblut-Serie von Joanna Campbell erscheint regelmäßig im PonyClub.
Und darum geht's:

Christina und ihre Cousine Melanie leben auf dem Gestüt Whitebrook, das Christinas Eltern Aileen und Mike Griffen gehört. Die Pferde des Gestüts sind der Lebensinhalt der Mädchen.
Eigentlich wollte Christina mit ihrer Stute Sterling immer bei den Olympischen Spielen im Vielseitigkeitsreiten teilnehmen. Doch als die Stute Wunder kurz nach der Geburt ihres Fohlens Stern stirbt und Christina den kränkelnden Hengst mit der Hand aufziehen muss, ändert sich alles. Mit der Ruhe ist es beim Leben auf Whitebrook nicht weit her, und mit ihren Freunden Dylan, Parker, Kevin und Katie erleben Christina und Melanie immer spannende Geschichten.

PonyClub

VOLLBLUT 38

EIN JOCKEY FÜR STERN

nach einer Idee von
Joanna Campbell

Titel der amerikanischen Originalausgabe:
THOROUGHBRED 38 – DOWN TO THE WIRE

Pulished by agreement with
17th Street Productions/360 YOUTH LLC, New York, USA
Dieses Werk wurde vermittelt durch die Literarische Agentur
Thomas Schlück GmbH, 30827 Garbsen.
Cover-Layout: Stabenfeldt AS
Übersetzung: Nina Thelen

Herausgeber und Verlag:
PonyClub, Stabenfeldt GmbH,
Oskar-Schlemmer-Str. 11, 80807 München
Redaktion und DTP/Satz: Stabenfeldt GmbH
Printed in Germany 2007
ISBN 978-3-938308-78-3

Kapitel 1

„Fein, Stern, braver Junge", murmelte die sechzehnjährige Christina Reese, als der aufgekratzte fuchsfarbene Vollblüter am schwarz-weißen Meilenpfosten vorbeigaloppierte. Sie und Wunders Stern hatten gerade ihren bisher schnellsten Trainingslauf absolviert.

„Fantastisch!", rief Aileen Griffen ihrer Tochter zu. „Jetzt parier ihn durch, Chris."

Christina gab leichte Paraden, stellte sich in die Steigbügel und verlagerte ihr Gewicht nach hinten. „Brr. Ruhig, Stern", bremste sie ihn.

Der große Hengst verlangsamte das Tempo zu einem Arbeitsgalopp, dann zum Trab und schüttelte dabei die rotbraune Mähne. Christina lenkte ihn zu der Öffnung im Zaun, wo ihre Mutter stand. Sie parierte Stern zum Schritt durch.

„Ist er nicht unglaublich?", fragte sie ihre Mutter atemlos. Sie löste den Kinnriemen ihres Reithelms und wischte sich mit dem Handrücken den Schweiß von der Oberlippe. Unter ihr tänzelte Wunders Stern seitwärts und drängte zurück auf das Geläuf.

Nach fast einem Jahr Training auf Whitebrook, dem Vollblutgestüt von Christinas Eltern in Kentucky, war der zweijährige Hengst so gut wie fertig ausgebildet für seine erste Rennsaison. Und er konnte es scheinbar kaum erwarten.

Aileen griff hinauf und fasste Sterns Zügel. Sie hielt ihre silberfarbene Stoppuhr hoch, damit Christina sie lesen konnte, einen Ausdruck ungläubiger Zufriedenheit auf dem Gesicht. „Sieh dir seine Zeit an! Und ich habe den Eindruck, dass er sich nicht mal angestrengt hat.“

Da Christina während ihres Rittes die im Abstand von einer Achtelmeile, also etwa zweihundert Metern, aufgestellten Pfosten im Auge behalten hatte, wusste sie, dass sie schnell gewesen waren. Jetzt wusste sie auch, wie schnell!

Hinter ihnen waren noch mehrere andere Pferde bei der Morgenarbeit, und ihr Atem stieg in Wolken in die kühle Märzluft auf. Jedes Mal, wenn ein Pferd am Rail entlanggaloppierte, schlug Stern aufgeregt mit dem Kopf, ganz wild darauf, noch mal zu rennen.

Christina glitt von Sterns Rücken, nahm den Sattel ab und legte dann die freie Hand an seine glänzende, kupferfarbene Brust. Stern atmete ruhig, und er schwitzte nur leicht, doch Christinas Herz klopfte immer noch von der Aufregung ihres Galopps über tausend Meter.

„Er wurde gerade erst warm“, berichtete sie ihrer Mutter. „Bei dreihundert Metern mehr hätte er sich auf dem letzten Stück bestimmt noch gesteigert. Er hatte Spaß da draußen.“

Ihre Mutter nickte. „Sieht aus, als würde er sich gut für längere Distanzen eignen – ein Steher“, sagte sie. Sie ließ die Stoppuhr an der Schnur um ihren Hals herabbaumeln. „Aber verschwitzt ist er schon. Führen wir ihn lieber ein bisschen herum.“

Ihre Mutter ging mit Stern los, und Christina folgte ihnen langsam. Ihre Knie waren noch etwas weich von dem schnellen Ritt. Sie nahm den Helm ab und schüttelte ihre langen rotblonden Haare aus. Als Stern den Kopf zu ihr herumdrehte, lächelte Christina das große Pferd zärtlich an. „Na, du Rakete“, rief sie dem Hengst zu und beschleunigte ihre Schritte, bis sie neben ihrer Mutter ging.

„Der Apfel fällt nicht weit vom Stamm“, bemerkte Aileen. Sie klopfte Sterns nassen Hals. „Er hat Wunders Speed.“

Mit Erleichterung hörte Christina ihre Mutter von Aileens Wunder sprechen, ohne aufgewühlt zu klingen. Stern zur Welt zu bringen, war für die vierundzwanzigjährige Stute zu viel gewesen, und sie war kurz nach seiner Geburt gestorben. Aileen hatte der Verlust ihres Pferdes, das sie als winziges, kränkelndes Fohlen großgezogen und schließlich zum Sieg im Kentucky Derby geritten hatte, völlig aus der Bahn geworfen. Überwältigt von Trauer und Schuldgefühlen, hatte sie Stern für Wunders Tod verantwortlich gemacht und es nicht ertragen, das süße Waisenfohlen auch nur anzusehen. Verwaiste Pferdekinder hatten generell ein schlechtes Immunsystem und waren krankheitsanfällig, und niemand hatte geglaubt, dass Stern durchkommen würde. Niemand außer Christina, die fest entschlossen gewesen war, Stern aufzupäppeln und durchzuhalten. Sie hatte ihn mit der Flasche gefüttert, bei ihm im Stall geschlafen und ihm sogar ein Kindermädchen beschafft – eine vorwitzige Ziege, die ihm Gesellschaft geleistet hatte, wenn Christina in der Schule gewesen war. Stern hatte viel Aufmerksamkeit gebraucht und war ein schwieriger Fall gewesen, doch schließlich war er zu einem kräftigen, intelligenten Jährling herangewachsen. Zwischen ihm und Christina hatte sich eine außergewöhnliche Bindung entwickelt, und sie waren fast unzertrennlich gewesen. Insgeheim hatte Christina schon davon geträumt, Stern eines Tages bei den Olympischen Spielen in der Vielseitigkeit zu reiten. Doch dann hatte der reiche Brad Townsend, dem alle Nachkommen Wunders zur Hälfte gehörten, begonnen, sich für den Hengst zu interessieren, und Aileen hatte Stern nach Townsend Acres gegeben, wo er sein Training für die Rennbahn begonnen hatte. Von da an hatte seine Zukunft in einem Punkt festgestanden: Er würde ein Rennpferd werden.

Christina war über die Methoden Brads und seines Trainers Ralph Dunkirk entsetzt gewesen. Der Hengst begann, aufsässig zu werden, warf Reiter ab und schlug aus, sobald sich jemand seiner Box näherte. Es dauerte fast ein Jahr, bis Christinas Eltern einsahen, dass Stern auf Townsend Acres in den falschen Händen war, und ihn nach Whitebrook zurückholten, wo sich Stern seitdem prächtig entwickelte. Aber Brad Townsend überließ ihnen das Pferd nur unter einer Bedingung: Stern musste eines seiner beiden ersten Rennen gewinnen, sonst würde er für immer nach Townsend Acres zurückkehren.

„Wartet!“

Ihre Mutter hielt den Hengst an, und Christina drehte sich um. Ihr Vater, Mike Reese, eilte ihnen hinterher. „Der Zeitnehmer sagt, bei den Zeiten, die Stern im Training läuft, kann er es mit den besten Zweijährigen auf der Rennbahn aufnehmen!“

Es freute Christina, von offizieller Seite bestätigt zu bekommen, was sie im Grunde schon lange wusste: Stern war ein Ausnahmepferd. Mindestens drei seiner Trainingsläufe mussten in den Verzeichnissen der Rennbahn dokumentiert sein, bevor Stern zu seinem ersten Rennen zugelassen wurde. Das Beste war, dass Christina ihn als seine Arbeitsreiterin bei seinen ersten beiden veröffentlichten Läufen selbst geritten hatte – für eine Anfängerin war das sehr gut.

„Weißt du“, sagte ihr Vater und zwinkerte Christina zu, als Aileen Stern weiterführte, „hätte ich es nicht besser gewusst, ich hätte schwören können, das da draußen war deine Mutter auf Wunder.“

„Das ist lange her, Mike“, sagte Aileen über die Schulter. „Jetzt ist Stern an der Reihe.“

In dem Moment kamen zwei vertraute Gestalten um die Ecke des Stallgebäudes der Keeneland-Rennbahn.

Christinas gute Laune verpuffte, als sie Brad Townsend erkannte, doch beim Anblick seines Sohnes Parker neben ihm schlug ihr Herz höher. Während Brad ein kalter, berechnender Geschäftsmann war, galt für seinen Sohn so ziemlich das Gegenteil. Aileen sagte immer, Parker habe sein gutes Herz von seinem Großvater Clay Townsend geerbt.

„Guten Morgen, Brad“, grüßte ihre Mutter höflich. Sie hielt Stern an, als sich die beiden näherten.

„Hi, Parker“, strahlte Christina ihn an.

Seit einigen Jahren ritten Christina und Parker zusammen, denn sie interessierten sich beide für die Vielseitigkeit. Christina hatte immer davon geträumt, eines Tages ihre Stute Sterling Dream für die amerikanische Vielseitigkeitsmannschaft bei den Olympischen Spielen zu reiten. Doch seit Stern geboren war, fand sie wenig Zeit, Dressur, Springen und Geländereiten zu trainieren, und ihre Ziele hatten sich geändert. Ihr sehnlichster Wunsch war jetzt, Sterns Jockey zu sein. Parker würde bei Olympia ohne sie reiten müssen, doch natürlich würde sie dabei sein, um ihn anzufeuern.

„Hi, Chris“, sagte Parker und nickte kurz. Christinas breites Lächeln erstarb. Parker hatte sie kaum angesehen, und seine Miene war ernst und distanziert.

„Guten Morgen, Mike, Aileen.“ Brad machte eine kurze Pause und blickte dann in Christinas Richtung. „Hallo, Christina.“

Christinas Vater grüßte Brad nur mit einem kühlen Nicken, was diesen jedoch unbeeindruckt ließ. Er trat an Stern heran – wobei er in seinem Tweed-Jackett und den polierten Lederschuhen ziemlich nach dem aristokratischen Pferdezüchter aussah, den er so gern darstellte – und musterte den Hengst.

„Er sieht gut aus“, sagte Brad und strich ihm mit einer besitzergreifenden Geste über die Flanke. Stern schnaubte und rollte die Augen, stand aber still.

Christina wollte sich am liebsten zwischen Brad und Stern stellen, doch ihr Vater legte ihr die Hand auf die Schulter, wie um sie zu besänftigen.

„Christina hat bei ihm Wunder gewirkt“, antwortete Aileen. „Er hat in den letzten Monaten riesige Fortschritte gemacht.“

Christina lächelte in sich hinein. Netter Zug, Mom, freute sie sich im Stillen. Als seelisches Wrack war Stern im vergangenen Frühjahr von Townsend Acres nach Whitebrook zurückgekehrt, und die positive Kehrtwende, die er seitdem in Leistung und Arbeitsbereitschaft vollzogen hatte, war unglaublich.

Aileens versteckter Seitenhieb schien Brad nicht zu berühren. Er trat einen Schritt zurück und betrachtete den hübschen Fuchshengst aus schmalen Augen.

„Nach seinen Trainingszeiten zu urteilen, ist er bereit für die Rennbahn.“

Christina erstarrte. Ihre Eltern sagten seit ein paar Wochen das Gleiche. Sie hatten ja recht; es war Zeit, Stern auf die Rennbahn zu bringen. Doch sie wollte seinen ersten Start so lange wie möglich hinauszögern. Christina ertrug den Gedanken nicht, Stern wieder zu verlieren, und unter ihr lief er am besten – das sagten alle. Das Problem war, dass sie noch keine Zulassung als Jockey hatte.

Christina wand sich innerlich, als ihre Mutter nickte. „Wir meinen auch, dass er so weit ist. Er braucht noch eine eingetragene Arbeit“, sagte sie. „Sobald er die und die Ständerstartgenehmigung hat, legen wir sein erstes Rennen fest.“

„Wartet nicht zu lang“, sagte Brad mit einem warnenden Unterton. „Ich lasse mich nicht hinhalten, weil ihr unsere Vereinbarung nicht erfüllen wollt.“

„Ich sagte doch, dass wir ihn auf die Rennbahn bringen“, entgegnete Aileen fest.

„Ich möchte ihn innerhalb der nächsten zwei Wochen rennen sehen“, drängte Brad. „Ich muss für eine Weile verreisen und will sein erstes Rennen nicht verpassen.“

„Ich gebe dir Bescheid, wann er läuft“, sagte Aileen mit gelassener Miene. „War's das? Wir müssen ihn zurück zum Stall bringen.“

„Ja, das war alles. Ich rechne damit, bald von euch zu hören.“ Brad drehte sich um und schritt davon.

Parker schenkte Christina den Anflug eines Lächelns und folgte dann seinem Vater.

Christina spürte die Wut in sich aufsteigen wie die Kohlensäure in einer geschüttelten Sprudelflasche. Sie biss die Zähne zusammen und versuchte, ihren Ärger zu beherrschen und nicht zu explodieren.

Ihre Mutter wandte sich ihr mit einem leichten Stirnrunzeln zu. „Lass dich von Brad nicht provozieren, Chris – ich sehe es dir an.“

„Ich kann nichts dagegen tun!“, rief Christina aus.

„Ich weiß, er kann einen rasend machen“, stimmte ihre Mutter ihr zu, „aber wir müssen uns einfach ein bisschen Mühe geben, mit allen Townsends auszukommen.“ Als Aileen ein junges Mädchen gewesen war, hatte Clay Townsend, Brads Vater, ihr Wunder geschenkt, allerdings mit der Auflage, dass alle Nachkommen von Wunder zur Hälfte im Besitz von Townsend Acres blieben. Christinas Familie würde also nie ganz unabhängig von Brad und seiner sauertöpfischen Frau Lavinia sein.

„Komm, machen wir Stern für die Heimfahrt fertig“, sagte ihr Vater. „Hast du heute Nachmittag nicht eine Reitstunde auf Whisperwood mit Sterling?“

Christina erschrak. Sie hatte sich so auf die Arbeit mit Stern konzentriert, dass sie die Springstunde bei ihrer Reitlehrerin Sam völlig vergessen hatte.

Sie folgte ihren Eltern durch den Stallbereich der Keeneland-Rennbahn zu Whitebrooks Pferdetransporter. Überall zwischen den Stallblöcken waren Pfleger, Trainer und Reiter damit beschäftigt, die Vollblüter, die in den langen Boxenreihen untergebracht waren, zu versorgen und mit ihnen zu arbeiten.

„Ich werde mal die demnächst anstehenden Rennen durchsehen und ein schönes Maidenrennen für Stern raussuchen“, sagte Aileen, als sie die Heimfahrt antraten.

Christina antwortete nicht. Sie war in Gedanken bei Parkers merkwürdigem Verhalten. Er wirkte abwesend und distanziert und war so gar nicht der offene, herzliche Parker, den sie kannte. Hatte sie irgendetwas falsch gemacht?

„Naomi wird Stern diese Woche im Training reiten“, unterbrach Aileen Christinas Gedanken. „Sie muss ihn bei seinem Abschlusstraining galoppieren, wenn sie ihn in seinem ersten Rennen reitet.“

Christina horchte auf. Sie hatte ihre Jockeylizenz noch nicht, doch es war ihr nie in den Sinn gekommen, Stern könnte seine Rennlaufbahn ohne sie beginnen. „Aber ich dachte, ich werde Sterns Jockey“, brach es aus ihr heraus.

Aileen warf ihr nach hinten einen Blick zu, ein belustigtes Lächeln auf den Lippen. „Irgendwann einmal vielleicht. Aber du musst noch eine Menge lernen, bevor du deine Lizenz machen kannst – es hapert ja sogar noch an der Startmaschine.“

Christina wandte sich ab und starrte aus dem Fenster. So wenig sie es sich eingestehen mochte – ihre Mutter hatte recht. Sie brauchte nicht mal daran zu denken, Stern in einem Rennen zu reiten, bevor sie nicht den Ständerstart beherrschte und ihre Prüfung bestand.

„Aber wieso reitet ihn nicht Melanie?“, fragte Christina. Naomi Traeger war Whitebrooks Stalljockey, doch Melanie Graham, Christinas Cousine, war ein vielversprechender Jockeylehrling. Melanie wohnte seit drei Jahren bei den Reeses, und sie und Christina waren beste Freundinnen. Christina konnte Naomi gut leiden, doch Melanie hatte ihr geholfen, Stern großzuziehen, und besaß daher immerhin ein engeres Verhältnis zu Stern als Naomi. Wenn Christina ihn nicht reiten durfte, wäre ihre Cousine die nächstbeste Wahl.

„Melanie ist noch ein Stift“, wies Aileen sie auf Melanies Lehrlingsstatus hin. „Mit einer erfahreneren Reiterin hat Stern bessere Chancen zu gewinnen.“

Hoffentlich hast du recht, dachte Christina besorgt. Doch im Grunde ihres Herzens war sie überzeugt, dass Stern nur gewinnen konnte, wenn sie ihn ritt.

Die Sonne spähte noch kaum über den Horizont, als Naomi Stern am nächsten Morgen auf Whitebrooks Trainingsbahn führte. Christina schaute nervös vom Rail aus zu. Der Fuchshengst sah gleichzeitig wach und entspannt aus, als Aileen Naomi in den Sattel hob. Es war wichtig, dass sich der Hengst unter seinem Jockey wohlfühlte, doch Christina fiel es schwer, jemand anderen auf Stern zu sehen. Sie ballte die Hände zu Fäusten und gab an unsichtbaren Zügeln halbe Paraden, als würde sie selbst reiten.

Naomi trieb den Fuchs in einen langsamen Galopp. Dann kauerte sie sich tief über seinen Hals und schob die Hände nach vorn, um ihm Luft zu geben. Stern reagierte, indem er das Tempo beschleunigte – jedoch nur leicht. Der Hengst hatte die Ohren nach vorn gestellt und trug den Kopf hoch, doch irgendetwas hielt ihn zurück und er schien nicht ganz bei der Sache zu sein.

„Er sieht müde aus“, bemerkte Melanie vom Rail aus, wo sie neben Christina stand. Sie nahm einen Schluck Kaffee aus ihrem grünen Thermosbecher. „Vielleicht braucht er einen Tag Pause.“

„Aber wir trainieren ihn doch nur drei Tage die Woche“, entgegnete Christina. „Und normalerweise läuft er doppelt so schnell.“ Eben nur, wenn ich ihn reite, fügte sie bei sich hinzu.

„Vielleicht muss er sich erst an Naomi gewöhnen“, vermutete Melanie.

„Ja, vielleicht.“ Christina seufzte. Das ist bestimmt nur mein übertriebener Beschützerinstinkt, versuchte sie sich zu beruhigen. Naomi war eine gute Reiterin – sie würde ihn schon ins Rennen kriegen, wenn es so weit war. Sie musste einfach.

In der Schule fiel es Christina an diesem Tag schwer, sich zu konzentrieren.

„Wie viele von euch haben sich für den Informationstag an der Uni angemeldet?“, fragte die Klassenleiterin ihre Schüler.

Christina sah, wie die meisten um sie herum die Hände hoben. Dann stieß Melanie sie an.

„Hey, Chris, ich dachte, wir wollten zusammen hingehen."

Christina starrte ihre Cousine ausdruckslos an.

„Hallo?", sagte Melanie und reckte beide Arme in die Luft, einen für sich und einen für Christina. „Schon gut. Deine Arme sind wohl ganz müde von dem vielen Krafttraining, das wir gemacht haben. Wahrscheinlich kannst du dich deshalb nicht melden", witzelte sie.

Als der Schultag vorbei war, wartete Christina vor der Schule auf Parker, der sie abholen wollte. Sie hatte sich schon den ganzen Tag darauf gefreut, mit ihm zu reden – bei Parker fühlte sie sich immer gleich besser.

Doch als er in seinem blauen Pick-up vor der Schule vorfuhr, sah Parker genauso abgelenkt und sorgenvoll aus wie sie sich fühlte.

„Hi", sagte er, als sie einstieg. Er starrte geradeaus durch die Windschutzscheibe und ließ den Motor an.

„Hi", erwiderte Christina und sah ihn von der Seite an. Parker ignorierte sie und fuhr einfach los.

„Was ist los?", fragte Christina.

„Nichts Besonderes." Parker zuckte die Schultern.

Sie fuhren schweigend weiter, bis Christina merkte, dass der Pick-up vor Whitebrooks Zufahrt zum Stehen gekommen war.

„Bis dann, Chris", sagte Parker mit einem Kopfnicken.

Christina sah ihn unsicher an und wartete auf eine Erklärung, warum er sich so abweisend verhielt, oder zumindest auf ein Lächeln zum Abschied. Doch Parker spielte mit der rechten Hand am Schaltknauf, als warte er ungeduldig darauf, dass sie ausstieg. Na schön, dachte Christina. Dann eben nicht. Sie stieß die Tür auf, stieg aus, knallte sie hinter sich zu und eilte die Zufahrt hinauf, ohne sich noch einmal umzudrehen.

Im Lauf der Woche verschlechterten sich Sterns Zeiten immer mehr. Die Bahn schien ihn zu langweilen, und weder Naomi noch Aileen gelang es, sein Interesse zu wecken. Die Chancen, dass er sein erstes Rennen gewann, schwanden – und damit die Chancen, dass er auf Whitebrook bleiben durfte.

Dazu kam, dass Parker, wenn Christina ihn in der Schule sah, nie Zeit für mehr als ein flüchtiges Hallo zu haben schien. Doch sie wollte ihn nicht auf dem Schulflur abfangen und zur Rede stellen – er würde ihr schon von sich aus sagen, was ihn bedrückte, wenn er so weit war. Hoffentlich, dachte sie.

Dann gab es noch Sterling. Das schlechte Gewissen, sich nicht genügend um die Stute zu kümmern, nagte an Christina. Jahrelang hatte sie nichts anderes im Kopf gehabt als das Vielseitigkeitsreiten, und so ganz hatte sie die Hoffnung noch nicht aufgegeben, vielleicht doch beides haben zu können. Aber im Grunde wusste sie es besser.

Ihre Priorität war Stern. Sie musste alles in ihrer Macht Stehende tun, um ihn vor seinem ersten Rennen in Bestform zu bringen. Wenn er verlor ... Sie schauderte und konnte den Gedanken nicht zu Ende denken. Stern musste einfach gewinnen. Alles andere durfte einfach nicht sein …

Am Donnerstagmorgen war es noch dunkel, als Christinas Wecker klingelte. Sie setzte sich auf und tastete nach der Nachttischlampe. Die Ziffern der Digitaluhr zeigten 4:30.

Stöhnend reckte sie sich. Von ihrem Fenster her klang lautes Wiehern durch die windstille Morgenluft, die Rufe der Pfleger schallten über den Hof, Türen schepperten. In der Ferne ließ jemand den Traktor an.

Ihr Vater und Naomi brachten Stern heute nach Keeneland, wo er seinen dritten offiziellen Trainingslauf absolvieren sollte, und sie wollte den Hengst noch sehen, bevor sie fuhren. Christina zog sich rasch eine Jeans und ein T-Shirt über, bevor sie hastig ihre Stallschuhe zuschnürte. Sie bürstete sich die Haare und fasste sie in einem Pferdeschwanz zusammen, während sie schon die Treppe hinuntersprang.

Melanie, die vor der Kaffeemaschine stand, trug eine Sweatjacke über ihrem T-Shirt. Sie warf einen Blick über die Schulter, als Christina in die Küche kam. „Morgen, Schlafmütze", sagte Melanie und nahm einen zweiten Thermosbecher aus dem Schrank. „Ohne Zucker?"

Christina nickte.

„Alles klar?", fragte Melanie, als sie Chris den Becher hinhielt.

Christina nahm ihn und schnappte sich einen Apfel aus der Obstschale, die auf dem Tisch stand.

Sie verließen das stille Haus und machten sich auf den Weg zu den Stallungen. Christinas Eltern waren bereits im Büro bei der Arbeit. Das Leben auf Whitebrook befand sich in ständigem Wandel. Neben der täglichen Routine aus Füttern, Putzen, Training und Bewegen der Rennpferde, waren in dieser Zeit des Jahres die Fohlen zu versorgen und zu erziehen, das Zuchtgeschäft zu organisieren und natürlich die Rennstarts zu planen.

Als sie sich den Ställen näherten, sah Christina schon den Pferdetransporter, dessen Laderampe geöffnet war. Naomi hielt Stern, der mit bandagierten Beinen und festgezurrter Reisedecke neben dem Transporter stand. Christina und Melanie beschleunigten ihre Schritte.

„Hallo, ihr zwei!“, rief Naomi fröhlich.

Christina lächelte der jungen Reiterin kurz zu, bevor sie Stern einen Kuss zwischen die weichen Nüstern drückte. Der Hengst spielte mit der Oberlippe an ihrem Gesicht und blies ihr warme Luft gegen die Wange.

„Du bist heute schnell, okay?“, murmelte sie ihm zu.

„Er macht das schon.“ Naomi lächelte Christina zuversichtlich an. „Er fühlt sich schon viel wohler mit mir, stimmt's, mein Junge?“ Sie streichelte seinen glänzenden Hals. Stern atmete geräuschvoll aus und stupste Christina mit der Nase an.

„Was ist mit seiner Ständerstartprüfung – machst du die auch?“, fragte Christina und kraulte Stern hinter den Ohren. Der Hengst genoss die Aufmerksamkeit sichtlich und drückte seinen Hals gegen ihre Hand.

Naomi nickte. Sie hob den Eimer mit Putzzeug hoch und stellte ihn in den Gepäckraum des Transporters. „Ja, direkt nach dem Galopp.“

Zusätzlich zu den drei aufgezeichneten Galopptrainings, die Stern brauchte, bevor er zu Rennen zugelassen wurde, musste er zeigen, dass er in die Startmaschine einrücken, ruhig darin stehen bleiben und dann auf gerader Linie hinausspringen konnte.

„Ich würde ja gerne zusehen“, sagte Christina.

„Dann komm doch mit“, drängte Naomi sie. „Wir könnten ein bisschen Unterstützung gebrauchen.“

Christina schüttelte den Kopf. „Geht nicht. Ich muss heute Morgen zwei Pferde im Training reiten, und in der ersten Stunde schreiben wir eine Mathearbeit.“ Sie streichelte den weißen Fleck auf Sterns Stirn und lächelte Naomi an. „Macht eure Sache gut für mich, ihr beide, ja?“

„Aber klar“, sagte Naomi und bückte sich, um ein letztes Mal Sterns Bandagen zu kontrollieren.

Christina wartete, bis Stern verladen war, und eilte dann zur Trainingsbahn, wo die ihr zugeteilten Pferde schon auf ihre Morgenarbeit warteten. Doch als sie Catwink, eine zweijährige Schimmelstute, auf das Geläuf ritt, war sie in Gedanken bei Stern. Sie konnte nur hoffen, dass er für Naomi sein Bestes gab, doch sie bezweifelte es. Wenn sie nur ihre eigene Jockeylizenz beantragen könnte – und zwar bald. Niemand kannte Stern so gut wie sie, und niemand sonst brachte ihn dazu, so schnell zu laufen.

Doch sie war immer noch nur Arbeitsreiterin, und um eine Zulassung als Jockey zu bekommen, reichte es natürlich nicht aus, sich auf einem galoppierenden Pferd halten zu können.

Christina trabte Catwink im Uhrzeigersinn um die Bahn. Leicht hockte sie über dem kleinen Arbeitssattel, das Gewicht nur auf Knie und Füße gestützt. Als sie sich der Übungsstartmaschine näherten, die aus sechs Ständern bestand, nahm sie die Stute zum Schritt zurück. Sie wünschte, sie könnte die Steigbügel länger machen und ihre erschöpften Beine lockern.

„Wenn du so weit bist, Chris, sag Bescheid“, rief Joe, einer der Pfleger.

Catwink ging ruhig in die Startbox, doch als Joe die Klappe hinter ihr schloss, begann sie, unruhig zu tänzeln und mit dem Kopf zu schlagen. Christina hatte Mühe, das Gleichgewicht zu halten. Sie griff in die graue Mähne der Schimmelstute und machte die Knie zu. Als Joe die Startbox freigab, sprang Catwink mit einem riesigen Satz nach vorn, der Christina nach hinten warf und sie schmerzhaft gegen den Hinterzwiesel des Sattels prallen ließ.

„Au!“, schrie Christina. „Brr.“

Catwink wehrte sich erst gegen die Paraden, doch dann drehte die sensible Stute die Ohren nach hinten und fiel erst in den Trab, dann in den Schritt.

Christina fing sich und griff nach vorn, um Catwinks Hals zu klopfen. Seit über zwei Monaten ritt sie jetzt auf Whitebrook erfahrene Rennpferde und trainierte den Start aus der Maschine, doch wenn sie je ihre Lizenz bekommen wollte, hatte sie noch ein hartes Stück Arbeit an der Startmaschine vor sich.

Nachdem Christina ihr zweites Pferd an diesem Morgen in den Stall zurückgebracht hatte, ging sie auf dem Weg zum Haus kurz an Sterlings Box vorbei. Die Stute wieherte leise, und Christina blieb stehen, um ihre Nüstern zu streicheln.

„Ich weiß, mein Mädchen“, sagte sie reumütig. „Du fehlst mir auch. Nach der Schule reite ich dich. Versprochen.“

Als Christina am Nachmittag in den Stall kam, ging sie natürlich zuerst zum Büro, um ihre Eltern zu suchen. „Wie war Stern?“, fragte sie gegen den Türrahmen gelehnt.

Ihr Vater zuckte die Schultern. „Nicht so schnell wie seine vorigen beiden Trainingseinheiten, aber er ist immer noch eine ansehnliche Zeit gelaufen.“ Auf dem Zettel, den er ihr reichte, waren die Sekunden, die Stern für die einzelnen Achtelmeilen-Abschnitte gebraucht hatte, sowie der Zustand des Geläufs vermerkt.

Als Christina aufblickte, lächelte ihr Vater voller Zuversicht, doch sie schüttelte grimmig den Kopf. „Seine

Zeiten liegen weit hinter dem, was er bei mir gelaufen ist", entgegnete sie ihm.

„Nicht unbedingt", sagte ihre Mutter. „Er ist heute nur achthundert Meter gelaufen, bei dir ist die Zeit beide Male auf tausend Meter genommen worden. Dass er ein Steher ist, wussten wir bereits."

„Die Ständerstartgenehmigung hat er heute auch bekommen", fügte ihr Vater hinzu. „Stern ist bereit für sein erstes Rennen."

„Wir haben ihn für die Keeneland Futurity genannt", sagte ihre Mutter. „Das dürfte ein gutes erstes Rennen für ihn sein. Melanie und Heart starten am selben Tag in einem anderen Rennen."

„Kannst du Sterns erstes Rennen nicht noch ein kleines bisschen hinausschieben, Mom?" Christina sah ihre Mutter flehend an. „Er braucht mehr Zeit, um sich an Naomi zu gewöhnen."

Aileen schüttelte den Kopf. „Wir müssen ihn auf die Rennbahn bringen, Chris."

„Dann lass mich diese Woche noch die Prüfung für meine Jockeylizenz machen. Ich kann das. Ganz bestimmt!"

Aileen starrte sie an. „Du bist noch lange nicht so weit, Chris. Ich würde liebend gern mit dir arbeiten, aber du kannst die Prüfung auf gar keinen Fall rechtzeitig bestehen, um Stern zu reiten. Und selbst wenn, müsstest du erst einige Rennen auf erfahreneren Pferden reiten, bevor ich dich auf ein Pferd setzen würde, das noch nie gestartet ist." Aileen senkte den Blick auf den Stapel Papierkram auf ihrem Schreibtisch, der noch abzuarbeiten war, und sah dann wieder zu Christina auf. „Naomi wird das großartig machen. Sei unbesorgt."

Christina überließ ihre Eltern ihrer Arbeit und holte sich

einen Eimer mit Putzzeug aus der Sattelkammer. Sie hatte Sterling mal wieder ganz vergessen, als sie direkt zu Sterns Box ging und hineinschlüpfte. Stern stupste sie mit dem Maul an, und Christina drückte die Wange gegen seinen warmen Hals. „Wenn du doch nur verstehen könntest, was passiert, wenn du dieses Rennen nicht gewinnst, mein Junge. Du musst dein Bestes geben. Bitte."

Kapitel 2

Am Freitagmorgen ritt Christina Stern in aller Früh auf die Keeneland-Bahn. Die windstille Luft schien all den vertrauten Geräuschen mehr Tiefe zu geben. Jeder Hufschlag, der schnaubende Atem der trabenden Pferde, die Gespräche zwischen Trainern und Reitern, das Vorbeirauschen vereinzelter Fahrzeuge auf der Straße – alles kam Christina größer, bedeutungsvoller vor.

Vielleicht bin ich nur nervös wegen Sterns Rennen, dachte sie. Sie und ihr Vater hatten den Hengst am Vorabend zur Rennbahn gebracht, damit er vor seinem Rennen Zeit hatte, sich daran zu gewöhnen. Christina wollte mit Stern heute Morgen leicht arbeiten und ihn am Samstag nur führen. Sonntag war Renntag.

Christina trabte Stern linksherum am Rail entlang. Der Hengst kämpfte gegen ihre Hand und fühlte sich unter ihr an wie ein Pulverfass, das jeden Moment explodieren konnte.

Sie legten die ersten vierhundert Meter in einem lockeren Galopp zurück, dann drückte Christina die Knie in den Sattel und verlagerte ihr Gewicht nach vorn. Stern verlängerte seine Galoppsprünge und streckte den Hals, die Ohren eifrig nach vorn gestellt. Der Wind pfiff in Christinas Ohren, während sie dem rhythmischen Nicken von Sterns Kopf mit den Händen folgte.

„Ruhig, Junge“, flüsterte sie. „Das ist schnell genug.“ Christina wollte den Hengst rennen lassen, doch sie hielt ihn zurück. Ein anstrengender Galopp jetzt würde seine Chancen am Sonntag nur schmälern.

Als sie den Meilenpfosten passierten, setzte sie sich im Sattel zurück, nahm die Zügel kürzer und parierte Stern zu einem schnellen Trab. Stern schlug mit dem Kopf und wollte rennen.

„Spar dir das für Sonntag auf, Stern", sagte Christina zu ihm und beugte sich vor, um seine Schulter zu klopfen. „Dann kannst du so schnell rennen, wie du willst."

Wenn er am Sonntag diese Power hatte, würde keines der anderen Pferde eine Chance haben.

Am Morgen des Rennens bürstete Christina Stern, bis jedes Haar seines herrlich kupferfarbenen Fells zu leuchten schien.

„Heute wirst du der Größte sein", flüsterte sie, die Wange an seinen glatten Hals geschmiegt. Stern senkte den Kopf und knabberte liebevoll an ihrem Sweatshirt. Christina umarmte ihn und versuchte, das nervöse Flattern unter Kontrolle zu bekommen, das ihren Magen ausfüllte. „Der Allergrößte."

Melanie stieß zu ihr, als sie die Box verließ. „Ich bin beim Rennbüro vorbeigegangen und habe mir ein Programm und die Rennformen der anderen Pferde, die heute laufen, mitgenommen." Sie wedelte mit den Blättern. „Es gibt da zwei Pferde in Sterns Rennen, die vielleicht eine ernsthafte Konkurrenz sein könnten, aber ich bin sicher, dass er viel besser ist als die beiden."

„Wir werden sehen." Christina setzte sich auf einen Plastikstuhl vor der Box und blätterte durch die Seiten, die Melanie ihr gereicht hatte. „Rayo – den kenne ich. Er ist erst vor ein paar Wochen aus Kalifornien gekommen. Und sieh dir seine Zeiten an. Er könnte uns gefährlich werden. Und dieser Hengst hier, My Victory, hat auch ziemlich gute Zeiten vorzuweisen." Sie rieb sich die Stirn. „Stern gewinnt vielleicht nicht, Melanie", sagte sie und fasste damit ihre größte Angst in Worte. Sie schluckte um einen Kloß herum, der sich in ihrem Hals bildete. Der Gedanke, Ralph Dunkirk, der Trainer von Townsend Acres, könne Stern erneut in die Finger bekommen, brachte sie den Tränen nahe.

Melanie fasste sie bei den Schultern und schaute ihr fest in die Augen. „Das darfst du nicht mal denken, Chris. Stern ist das beste Pferd da draußen, und er wird gewinnen."

Chris lächelte halbherzig. „Hoffentlich."

„Hör zu", sagte Melanie und hielt das Programmheft hoch. „Stern wird hier als einer der drei Topfavoriten genannt, und diese Analysen sind meist richtig. Hier steht: *Wenn Wunders Stern im Rennen den gleichen brillanten Speed zeigt, den wir in seinen Trainingseinheiten gesehen haben, wird dieser Hengst schwer zu schlagen sein.*"

„Dann hoffen wir mal, dass die Analysen auch dieses Mal stimmen." Christina erhob sich, als Maureen Mack, Whitebrooks Assistenztrainerin, an die Box trat. „Heart ist startklar", sagte Maureen zu Melanie. „Dani, die neue Pflegerin, ist bei ihr."

„Ich muss mich für mein Rennen fertig machen", bemerkte Melanie. „Wir sehen uns vor Sterns Rennen am Sattelplatz."

Christina machte sich auf den Weg zur voll besetzten Tribüne. Die Frühjahrsrennsaison hatte gerade begonnen, und die Fans strömten in Scharen auf die Rennbahn. Überall um sich herum hörte Christina die Zuschauer fachsimpeln und sich beratschlagen, auf welches Pferd man am besten setzte. Von den Imbissbuden wehte der Geruch von Bratfett und

Hotdogs herüber, während aus den Lautsprechern die Stimme des Ansagers plärrte, der die Ergebnisse der gleichzeitig stattfindenden Rennen auf der Santa-Anita-Rennbahn in Kalifornien durchgab.

Normalerweise genoss es Christina, Teil dieses Rennbahntrubels zu sein. Sie liebte es, sich unter die Fans zu mischen und die Spannung, die Spekulationen, die Aufregung vor dem Rennen zu atmen. Doch heute hatte sie nur den einen Wunsch: dass Sterns Rennen endlich vorbei sein möge und sie ihn im Siegerring umarmen könne.

Sie bahnte sich ihren Weg zum Führring. Melanie und Pride's Heart hatten die Position vier im zweiten Rennen gezogen. Christina ging zu ihrem Vater hinüber, der in der Mitte stand, wo sich die Besitzer versammelten. „Wo ist Mom?", fragte sie.

„Sie gibt Naomi ein paar letzte Tipps", antwortete Mike.

Christina schluckte kräftig. Ihrer Mutter musste Sterns Rennen ebenfalls Sorgen bereiten, wenn sie noch immer mit der Reiterin die Renntaktik besprach. Melanie gesellte sich in den blau-weißen Rennfarben Whitebrooks zu ihnen. Christina umarmte sie flüchtig. „Ihr werdet das schon schaukeln."

Melanie grinste nervös. „Hoffentlich", sagte sie und trat vor, als Maureen Heart heranführte und sie vor ihnen anhielt. Die vierjährige Fuchsstute nickte mit dem Kopf, und das weiße Herz auf ihrer Stirn glänzte in der Nachmittagssonne. Voller Ungeduld und Tatendrang stampfte sie mit dem Huf. Dann wurde Melanie auf ihren Rücken gehoben, und Maureen führte sie fort zum Aufgalopp.

Christina eilte zur Bahn und suchte sich einen Platz am Rail nahe der Ziellinie, den Blick auf die Startmaschine geheftet, die auf der Gegengeraden aufgebaut war. Nach der

Parade vor der Tribüne und einem kurzen Aufwärmgalopp über die Bahn rückten die Pferde mit ihren Reitern in die Startboxen ein. Einen Augenblick herrschte Stille, dann schellte die Startglocke.

„Der Start ist erfolgt!" Fast zeitgleich mit dem Ruf des Ansagers stürzten die Pferde aus der Startmaschine.

Für den größten Teil der Gegengeraden konnte Christina Melanie und Heart nicht sehen. Angestrengt versuchte sie, im dichten Pulk das Whitebrook-Pferd auszumachen, während das Feld auf den ersten Bogen zudonnerte.

Beim Einlauf in den Bogen entdeckte Christina Melanie und Heart endlich: Sie saßen hinter den Anführern des Feldes fest. Ein Vorbeikommen an den vorderen Pferden schien unmöglich, wenn Melanie Heart nicht den weiten Weg außen herum nehmen lassen wollte.

„Unlimitedxpress teilt sich die Führung mit Ibee Flying; Pride's Heart greift Dooly's Doll an dritter Position an."

Die Zeit wurde knapp, als das Feld in die Gerade einlief. Christina umklammerte das Rail mit beiden Händen, die Augen fest auf ihre Cousine geheftet, die wie ein blauweißer Käfer auf Hearts Rücken hockte.

„Jetzt nimmt sich Pride's Heart Ibee Flying vor", rief der Sprecher. Melanie schickte Heart durch eine unsichtbare Lücke zwischen den zwei Pferden an der Spitze. Unlimitedxpress fiel zurück, das Rennen fand nun zwischen Heart und Ibee Flying statt.

„Pride's Heart und Ibee Flying liegen gleichauf und kämpfen um den ersten Platz; an dritter Stelle immer noch Unlimitedxpress."

„Los, Mel!", brüllte Christina und beugte sich weit über das Rail. „Lauf, Heart!"

Melanie duckte sich noch weiter nach vorn, und Heart

reagierte. Mit einem letzten gewaltigen Schub schossen sie über die Ziellinie und gewannen um einen Galoppsprung.

Christina sprang in die Luft. „Super, Mel!", jubelte sie, bevor sie sich durch die Menge zum Siegerring drängelte.

Ihre Eltern waren bereits dort und warteten auf Melanie und Heart.

„Wie ich sehe, haben Sie heute einen Hengst von Aileens Wunder am Start."

Christina blickte auf.

Eine Reporterin beugte sich mit einem Diktiergerät in der Hand über den Zaun. „Das sollte ein interessantes Rennen werden", sagte die Frau lächelnd.

Aileen sah sie an und nickte. „Wunders Stern ist die Nummer fünf im sechsten Rennen", sagte sie. „Wir freuen uns darauf, ihn laufen zu sehen."

Die Reporterin beäugte Christina. „Du bist doch Christina Reese, nicht?"

Christina nickte und biss sich auf die Unterlippe.

„Dann musst du die Arbeitsreiterin sein, die diese großartigen Zeiten aus dem Hengst herausgeholt hat."

Christina zuckte die Achseln. „Er ist ganz gut gelaufen", sagte sie vorsichtig. Sie hatte von ihren Eltern gelernt, jedes Wort genau abzuwägen, wenn sie mit der Presse sprach.

„Schade, dass du ihn nicht im Rennen reitest", fuhr die Reporterin fort. „Das wäre eine Sensation: Aileen Griffens Tochter reitet Aileens Wunders Sohn."

In dem Moment schritt Melanie in den Siegerring, und Christina wandte sich von der Reporterin ab, um ihre Cousine zu umarmen und zu beglückwünschen. „Das war ein fantastischer Ritt", sagte sie. „Alles richtig gemacht, Mel."

Melanie strahlte sie an. „Heart ist unglaublich", sagte sie begeistert.

„Du auch“, entgegnete Christina.

„Aber jetzt ist Stern an der Reihe“, antwortete Melanie, wobei sie für den Rennbahnfotografen lächelte.

Christinas Lächeln schwand, ihre Besorgnis kehrte zurück.

Sie ließ Melanie und Heart mit ihren Eltern allein und eilte zurück zum Stall. Es gab noch zwei Rennen vor Sterns. Der Hengst war natürlich schon fertig geputzt und vorbereitet, doch Christina wollte bis zur letztmöglichen Minute vor dem Rennen bei ihm sein.

Sie schritt an den Boxenreihen vorbei, zwischen denen überall Pfleger, Besitzer und Trainer um ihre Pferde herumschwirrten, sie striegelten, bandagierten und für die bevorstehenden Rennen vorbereiteten.

Maureen und Dani hatten Stern aus seiner Box geholt und untersuchten ihn ein letztes Mal vor der Kontrolle durch den Tierarzt. Das fuchsfarbene Fell des Hengstes glänzte in der Nachmittagssonne wie poliertes Kupfer, und darunter spielten die Muskeln.

Als sich Christina näherte, hob er den Kopf und wieherte leise. Sie eilte zu ihm, und Maureen gab ihr den Führzügel in die Hand.

„Er wird großartig laufen, Chris“, sagte sie. „Sieh ihn dir an.“

Christina nickte langsam. Stern sah fantastisch aus. Sie blickte in seine klugen braunen Augen. „Deine Zukunft hängt von diesem Rennen ab, Stern“, sagte sie leise. „Verstehst du das?“

„Er kann jetzt nach vorn in den Führring“, sagte Dani, die dabei war, eine Bandage aufzurollen. Die Pflegerin lächelte Christina an, und Christina gab ihr den Führzügel und trat zurück.

Als Dani das Pferd fortführte, hielt Christina die Daumen fest gedrückt. „Viel Glück, mein Junge“, rief sie. Wie zur Antwort schnaubte Stern laut. Bitte gewinn, Stern, bitte, flehte sie still.

Sie lief zum Sattelplatz, wo ihre Eltern Sterns Sattelzeug durchsahen und seine Hufe kontrollierten. Der Hengst stand geduldig da und schnupperte mit aufmerksam gespitzten Ohren in die Luft. Christina stellte sich an die Seite und sah nervös zu. Als Naomi ein paar Minuten später auf dem Sattelplatz eintraf, war Christina zu nicht mehr als einem angespannten Lächeln fähig.

„Ich tu mein Möglichstes“, versicherte die Reiterin ihr.

„Ich weiß“, antwortete Christina.

„Reiter aufsitzen!“, ertönte der Aufruf an die Jockeys. Dani hielt Stern, während Mike Naomi hinaufhalf. Christina starrte den eleganten Kopf des Pferdes an. Immer noch flehte sie stumm: Bitte gewinn. Bitte gewinn.

Dann saß Naomi im Sattel und ritt die Bahn entlang zur Parade. Christina drängelte sich durch die Menge und suchte sich einen Platz am Rail, von dem aus sie alles aus der Nähe verfolgen konnte. Melanie, die ihren Renndress gegen Jeans und T-Shirt eingetauscht hatte, lief zu ihr hin. Schweigend standen sie nebeneinander und sahen zu, wie die Pferde die Bahn hinunterkamen.

My Victory, ein schlanker, geschmeidiger Rappe, hatte die Position eins gezogen. Christina schluckte. Er war einer der anderen heißen Tipps im Rennen. Die Nummern zwei und drei hakte sie im Geiste als ungefährlich ab. Sie schienen mehr daran interessiert, ihre Reiter loszuwerden als ein Rennen zu laufen. Aber Rayo, der feingliedrige Braune aus Kalifornien, stach ihr ins Auge. Er verschwendete keine

Kraft damit, herumzutänzeln oder mit dem Begleitpferd zu zanken. Locker galoppierte er an der Tribüne vorbei, den Hals gewölbt, ganz Sehnen, Muskeln und Speed. Auch sein Jockey, mit seinem tiefgebräunten, wettergegerbten Gesicht und dem kompakten, drahtigen Körper, schien ein alter Hase zu sein.

Christina warf einen Blick zur Anzeigetafel mit den Quoten. Die Ziffern änderten sich ständig, während an den Schaltern die Wetten gemacht wurden. Im Moment lag Sterns Quote bei vier zu eins und My Victorys bei sechs zu eins. Rayo war elf zu eins gewettet.

Stern hatte die fünfte Startposition gezogen. Ihrer Nervosität zum Trotz merkte Christina, wie der Stolz in ihr hochstieg, als Stern vorbeiparadierte. Ihr wunderschöner Fuchshengst sah von Kopf bis Schweif wie ein Sieger aus. Leichtfüßig bewegte er sich neben seinem gescheckten Begleiter an den Zuschauern vorüber und schlug spielerisch mit dem Kopf. Christina lächelte in sich hinein. Was für ein Angeber. Naomi, in Whitebrooks blau-weißen Rennfarben, sah hochkonzentriert aus, ganz darauf fixiert, Sterns Ruhe und Lockerheit zu bewahren, während sie ihre Runde beendeten und zur Startmaschine ritten. Der Schimmel an sechster und der Fuchs an siebter Position zeigten gute Manieren und schritten selbstbewusst auf die Startboxen zu, doch Christina schätzte sie nicht so ein, als könnten sie Stern etwas anhaben.

Sie atmete die Luft aus, die sie unbemerkt angehalten hatte. Es würde schon schiefgehen. Stern würde rennen, und er würde das Rennen gewinnen. Er musste einfach. Und wenn nicht ... Sie verbot sich, den Gedanken weiterzudenken, sonst würde er noch wahr. Es gab keinen Platz für Zweifel. Stern musste gewinnen.

Als Stern vor der Startmaschine abrupt stehen blieb, schnürte sich ihr der Hals zu, doch mit ein bisschen Zupfen von vorn und Schieben von hinten ließ er sich schließlich von den Helfern in den Stand bugsieren. Einmal drinnen, blieb der Hengst ruhig stehen. Die Spannung steigerte sich ins Unerträgliche, und Christina umklammerte das Rail mit beiden Händen.

Dann schellte die Glocke. „Der Start ist erfolgt!“

Sie merkte, wie sie erstarrte. Die Pferde schossen über die Startlinie. Das Rennen hatte begonnen, und Christina hatte schon halb die Fäuste in die Luft gerissen, um Stern und Naomi anzufeuern. Doch zu ihrem Entsetzen trug Stern den Kopf hoch und galoppierte mit kurzen Sprüngen. Er sah eher aus, als würde er einen netten Ausritt unternehmen, statt das wichtigste Rennen seines Lebens zu laufen.

„Beim Start setzt sich My Victory an die Spitze, Blizheart ist an zweiter, Rayo an dritter Position. Wunders Stern ist Letzter“, schallte die Stimme des Kommentators aus den Lautsprechern, während das Rennen in Fahrt kam.

„Oh nein!“ Christina schlug die Hände vor den Mund und sah voller Entsetzen zu, wie Stern gemütlich die Bahn hinuntergaloppierte, weit abgeschlagen vom Rest des Feldes.

Naomi duckte sich über Sterns Widerrist und versuchte, ihn mit den Händen anzutreiben, doch der Hengst beachtete sie gar nicht. Es schien ihm überhaupt nicht bewusst zu sein, dass mehrere Längen vor ihm ein Rennen ausgetragen wurde.

„My Victory hält die Führung, aber Blizheart macht jetzt Druck. Rayo schiebt sich an Blizheart heran.“ Die Stimme des Ansagers plärrte über die Tribüne und hallte in Christinas Kopf wider. „Der Rest des Feldes liegt immer noch weit hinter der Spitze.“

Christina warf einen Blick in die Richtung der führenden Pferde. My Victorys Jockey, in Rot und Gelb, kauerte tief über dem Hals seines Pferdes und trieb es an, damit es seine Nasenlänge Vorsprung auf Blizheart hielt.

Christina schaute wieder zu Stern zurück. Er hatte zum restlichen Feld aufgeholt, doch schien keineswegs in Eile, sich weiter nach vorn zu setzen. Naomi winkte mit der Peitsche im Sichtfeld des Hengstes, und nahezu gemächlich überholte er den Schimmel mit der Nummer drei, gefolgt von Nummer sieben, einem Fuchs, und hielt dann seine Position.

Mit zusammengebissenen Zähnen trieb Christina den Hengst in Gedanken an und beugte sich nach vorn, als säße sie auf seinem Rücken, nicht Naomi.

Im Schlussbogen legte das Pferd mit der Nummer sechs, Geyser, plötzlich zu und schloss beim Einlauf auf die Zielgerade zu den führenden Pferden auf. My Victory war zurückgefallen und hatte den Kampf um den ersten Platz Rayo und Blizheart überlassen – an dritter Stelle lag jetzt Geyser.

An dem Punkt schien Stern aufzuwachen. Naomi trieb ihn vorwärts, und der Hengst näherte sich den vier Pferden vor ihm. Nervös wartete Christina darauf, dass er endlich sein Sprintvermögen ausspielte.

Doch mit jedem donnernden Galoppsprung rückte die Ziellinie näher, und Stern lag immer noch weit zurück an fünfter Stelle. Was war los mit ihm? Er zeigte nichts von dem Speed, der in ihm steckte.

„Los, Stern, komm schon!“, schrie Christina dem Hengst zu. „Du musst rennen! Jetzt!“

Als hätte er sie gehört, beschleunigte der Fuchs das Tempo. Christina stieß einen erstaunten Laut aus und drückte die Hände vor der Brust zusammen. Naomi rührte mit den Fäusten an seinem Hals. Neben Christina hüpfte Melanie auf und ab und schrie Sterns Namen.

Stern rannte mit voller Kraft. Rasch schloss er die Lücke zwischen sich und den Führenden. Er schob sich neben My Victory und Geyser, dann zog er an ihnen vorbei. Christina packte Melanies Arm. „Er schafft es!“, keuchte sie.

„Bei tausend Metern dreht Wunders Stern auf und setzt sich mit an die Spitze. Er liegt fast gleichauf mit Blizheart an zweiter Stelle, den ersten Platz hält Rayo.“

„Lauf, Stern, lauf!“, hörte sich Christina schreien, als wäre es die Stimme von jemand anderem.

Ihr Herz pochte im Takt der Hufschläge. Die Pferde flogen auf die Ziellinie zu, und plötzlich entwickelte My Victory einen Schub nach vorn. Rayo hielt die Führung, doch Stern, My Victory und Blizheart rannten Kopf an Kopf um den zweiten Platz. Dann schien Stern den Antrieb zu verlieren, und er fiel zurück. Christina wollte vor Enttäuschung schreien.

„Rayo gewinnt mit einer Pferdelänge!“, schallte die Stimme des Ansagers über die Tribüne. „Blizheart wird Zweiter, und My Victory schafft es in allerletzter Sekunde vor Wunders Stern auf den dritten Platz.“

Christina sackte gegen das Rail. Ihr war fast schlecht vor Enttäuschung.

Melanie legte ihr den Arm um die Schulter.

„Wenigstens ist es jetzt vorbei, Chris“, sagte sie mitfühlend. „Und wir haben immer noch einen Versuch, um zu gewinnen. So schnell kriegt Brad Stern nicht in die Finger.“

Bedrückt sah Christina zu, wie Naomi Stern zurück zum Ausgang wendete. Das Gesicht des Hengstes war dreck-überzogen, seine geblähten Nüstern feuerrot. Er sah ganz und gar nicht wie ein Sieger aus.

Kapitel 3

Christina fühlte Sterns Muskeln zittern, seine Kraft, die nur darauf wartete zu explodieren. Zu beiden Seiten von ihnen drängten angespannte Vollblüter gegen die Hand ihrer Jockeys, kämpften darum, der Enge der Startboxen zu entfliehen. Ein Schnauben, der Klang von tänzelnden Hufen im Sand, das Hin und Her schwerer Pferdekörper. Christina verlagerte das Gewicht auf Sterns Rücken nach vorn und bereitete sich auf den Moment vor, in dem die Klappen auffliegen würden ...

„Christina, aufwachen!“

Christina drehte ruckartig den Kopf in die Richtung, aus der Samantha Nelsons Stimme kam.

„Ich hoffe, du hast gerade von ein paar perfekt ausgeführten Sprüngen geträumt“, bemerkte die rothaarige Reitlehrerin, die Hände in die Hüften gestemmt. „Kaitlin und Flame“ – sie nickte zu einem dunkelhaarigen Mädchen auf einem braunen Anglo-Araber – „haben uns gerade eine tadellose Runde vorgeführt. Als Nächstes sind Parker und Foxy dran, danach du, Träumerin.“ Samantha sah sie stirnrunzelnd an, auch wenn ihr Ton neckend war.

„Entschuldigung“, sagte Christina errötend. „Wir sind bereit.“

Sie sah aufmerksam zu, wie Parker seine braune Stute Foxy durch den schwierigen Parcours ritt, Kurven schnitt, um Zeit einzusparen, und jedes Hindernis am idealen Absprungspunkt erreichte – und das alles mit einer Lässigkeit, die es ganz leicht aussehen ließ. Parker beugte sich nach vorn, um liebevoll den Hals seiner Stute zu streicheln, parierte sie zum Schritt durch und lenkte sie zur Gruppe zurück. Christina beglückwünschte ihn mit einem Grinsen zu seinem schönen Ritt, doch Parker sah hinab und fingerte an seinem Steigbügelriemen herum, statt ihrem Blick zu begegnen.

Christina ritt Sterling in die Bahnmitte, legte den äußeren Schenkel zurück und galoppierte an. Sie visierte das erste Hindernis des Parcours' an, schätzte die Distanz ab – noch etwa fünf Galoppsprünge – und begann herunterzuzählen. Fünf, vier, drei, zwei, eins. Doch sie hatte sich verschätzt, und Sterling legte noch einen halben Galoppsprung zusätzlich ein, bevor sie absprang und sich holprig über die ein Meter fünf hohen Stangen rettete. Noch vier Sprünge, dachte Christina. Als Nächstes führte eine scharfe Linkskurve auf einen schmalen Oxer zu. In ihrer Eile, zum Hindernis zu kommen, beugte sich Christina nach vorn, und Sterling hob zu früh ab, sprang lang und flach und riss eine Stange. Sie wechselten durch die ganze Bahn und steuerten die Mauer an, den höchsten Sprung des Parcours'. Christina richtete den Blick auf einen Punkt knapp über dem Hindernis und bemühte sich, nichts zu tun, womit sie Sterling in die Quere kommen könnte. Sie trafen genau den richtigen Absprungspunkt, und Sterling überwand die Mauer locker mit einem halben Meter Luft dazwischen. Beschwingt von der langen Schwebephase, schlug die Stute bei der Landung ausgelassen mit dem Kopf, und Christina nahm hastig die Zügel kürzer, bevor sie die letzten beiden Sprünge anritt, eine In-Out-Kombination. Da Christina auf ihre Hände gesehen hatte, statt den Blick nach vorn auf das nächste Hindernis zu richten, kamen sie nicht gerade auf den Sprung zu, und Sterling gelang der Aussprung nur mit einem gewaltigen Kraftakt.

„Völlig unsauber“, verkündete Sam kopfschüttelnd. „Wir haben alle mal einen schlechten Tag, ich weiß, aber du behinderst Sterling, Chris. Deine Aufgabe ist, ihr die Richtung zum Sprung zu weisen und ansonsten still zu halten. Bei euch ist das ein einziges Chaos!“

Christina parierte Sterling zum Schritt durch und griff hinab, um die Schulter der Stute zu klopfen. Es war nicht Sterlings Schuld. Christina hatte ihr Springtraining völlig vernachlässigt und weder Zeit noch Gedanken daran verschwendet. Ihre gesamte Energie war auf ein Pferd konzentriert gewesen: Stern.

„Okay, Schluss für heute. Gute Arbeit, Kinder“, sagte Sam. „Reitet noch ein Weilchen Schritt.“

Christina vermied es, Samantha beim Trockenreiten aus der Bahn anzusehen, und versuchte, das Durcheinander in ihrem Kopf zu ordnen. Kaitlin Boyce, ein fünfzehnjähriges Mädchen, das letzten Herbst mit seiner Familie nach Lexington gezogen war, ritt ihren braunen Wallach neben Christina und Sterling. Christina bemerkte den bewundernden Blick, mit dem Kaitlin Sterling ansah, und fühlte sich noch schlechter, weil sie ihrer Stute keine gute Reiterin war. Sterling war ein tolles Pferd mit einem enormen Sprungvermögen. Wenn sie Sterling doch nur ein angemessenes Training bieten und trotzdem weiter mit Stern arbeiten könnte. Sam hatte mit Sicherheit Verständnis für Christinas Situation, doch sie konnte auch nicht übersehen, dass Christina ihrer Stute im Moment nicht gerecht wurde. Sterling war ein zu gutes Vielseitigkeitspferd, um einen Reiter zu haben, der nicht mit ganzem Herzen dabei war.

„Hey, warte!“

Christina hielt an und wendete ihr Pferd. Parker Townsend trabte auf Foxy über den Hof. Sobald er sie erreicht hatte, wendete Christina Sterling wieder und ritt im langsamen Schritt weiter. Parker parierte Foxy, bis sie ruhig neben Sterling herging.

„Endlich haben wir mal Gelegenheit zu reden", sagte Parker. Sie schlugen die Richtung zu den Reitwegen ein, die zurück nach Whitebrook führten.

Christina holte tief Luft. „Ich dachte, du wärst sauer auf mich oder so", sagte sie. „Du hast dich in letzter Zeit so komisch benommen."

Parker sah sie verdutzt an und schüttelte den Kopf. „Es ist nur mein Vater", sagte er. „Ich bin nicht sauer auf dich."

Christina hob überrascht die Augenbrauen. „Aber ich dachte, es liefe jetzt besser bei euch zu Hause."

Parker wandte den Blick ab. „Ja, tut es auch, verglichen mit letztem Jahr. Aber mein Vater versucht immer noch, über mich zu bestimmen und mir vorzuschreiben, was ich zu tun und zu lassen habe."

Zur selben Zeit, als Christina ihre Eltern überzeugt hatte, Stern zurück nach Whitebrook zu holen, hatte Parker einen Riesenkrach mit seinen Eltern gehabt. Mehrere Monate lang hatte er bei Samantha und Tor auf Whisperwood gewohnt, bis sein Großvater ihn überreden konnte, wieder nach Townsend Acres zu ziehen.

„Wir gehen jeder Erwähnung des Streits vom Frühjahr höflich aus dem Weg." Parker seufzte und klopfte Foxys Hals. „Und meine Mutter sieht mich neuerdings sogar an, wenn sie mit mir redet. Sie hat sich wohl erst wieder daran erinnert, dass sie einen Sohn hat, als ich auf einmal nicht mehr da war. Klingt doch gut, oder?"

„Sie gibt sich bestimmt alle Mühe", sagte Christina, wobei sie versuchte, ehrlich zu klingen. In ihren Augen war Lavinia Townsend eine herzlose, eingebildete Schnepfe, doch Christina wusste, wie sehr es Parker verletzte, dass für seine Eltern nur Geld und Prestige zählten. Echte Zuneigung zu zeigen, dazu schienen sie gar nicht in der Lage.

„Ja, bestimmt“, sagte Parker.

Für eine Weile schwiegen sie. Die einzigen Geräusche waren das regelmäßige, schnaufende Atmen der Pferde und die gedämpften Hufschläge auf der festen Erde, begleitet vom Gesang der Vögel in den grünen Zweigen über ihnen.

„Hab gehört, gestern in Keeneland ist es nicht so gut gelaufen“, brach Parker das Schweigen.

Christina verzog das Gesicht. „Stern ist furchtbar gegangen.“

„Mein Vater hat erzählt, er habe sich gar nicht groß für das Rennen interessiert“, bemerkte Parker. „Was war denn los?“

„Ich weiß es nicht.“ Christina seufzte. „Ich will wirklich nicht eingebildet klingen, aber seine besten Zeiten ist Stern gelaufen, wenn ich ihn geritten bin.“

„Dann besorg dir deine Lizenz und reite ihn“, sagte Parker. „Ich habe dir schon tausendmal gesagt, du wärst ein klasse Jockey.“

„Aber Stern ist schon für das Western-Kentucky-Stakes-Rennen auf den Churchill Downs Ende April genannt – das ist in drei Wochen.“

Foxy fiel in den Trab, als sie in den einladenden Reitweg einbogen, doch Parker hielt sie zurück, damit sie weiter im Schritt nebeneinander reiten konnten.

„Ich weiß nicht, was ich machen soll. Ich wünschte, ich könnte in Sterns Kopf hineinkriechen und ihm klarmachen, dass er sein ganzes Leben zerstört, wenn er nicht gewinnt.“

Parker schnaubte vor Lachen. „Wenn jemand bei dem Pferd in den Kopf reinschauen kann, dann du, Chris. Ihr beide seid wie Zwillinge."

Christina merkte, wie ein Lächeln um ihre Mundwinkel zuckte. „Ja, wir haben wohl irgendwie eine komische Beziehung", sagte sie zärtlich.

„Es überrascht mich, dass du Sterling überhaupt noch reitest", bemerkte Parker.

Christina stellten sich bei seinem Tonfall die Nackenhaare auf. „Sterling ist immer noch mein Pferd – natürlich will ich sie reiten."

„Mach dir nichts vor, Chris", sagte Parker scharf. „Jede freie Minute verbringst du mit Stern."

„Na und? Ich werde wieder mehr Zeit für Sterling haben, wenn ich sicher sein kann, dass Stern endgültig auf Whitebrook bleibt."

„Ich sage ja nur, je mehr du dich aufs Rennreiten konzentrierst, desto weniger Zeit hast du, um mit Sterling zu arbeiten. Und man merkt es ihr bereits an. Sie wird schlechter."

Christina sog wütend die Luft ein und setzte an, sich zu verteidigen, doch dann ließ sie den Atem wieder entweichen. Parker hatte recht. Sie hatte wirklich keine Zeit für beide Pferde.

Als die Ställe von Whitebrook in Sicht kamen, hielt Christina Sterling an. Immer wenn sie die länglichen Stallgebäude und das hügelige, grüne Weideland des Vollblutgestüts aus der Ferne erblickte, war ihr, als sähe sie ein Foto aus einem Hochglanzmagazin vor sich – zu perfekt, um wahr zu sein. Doch es war alles echt: die Ställe voller Boxen, die ausgemistet werden mussten; die Pferde, die darauf warteten, gestriegelt zu werden; und ganz besonders ein gewisser Fuchshengst, der ihre Zeit und Aufmerksamkeit brauchte.

Beim Gedanken an Stern hatte sie es plötzlich eilig, nach Hause zu kommen. Natürlich hing sie immer noch an Sterling, und sie empfand es als ungerecht, sich zwischen beiden entscheiden zu müssen. Doch dies nicht zu tun, wäre den Pferden gegenüber nicht fair. Vielleicht ist Sterling ohne mich besser dran, dachte sie traurig.

„Ich muss zurück nach Whisperwood und Foxy in ihre Box bringen." Parker beugte sich im Sattel zurück. „Mein Vater hat mich heute ausdrücklich gebeten, zum Abendessen zu Hause zu sein. Anscheinend haben wir Gäste von außerhalb, und er will einen auf erfolgreiches und ach so glückliches Familienunternehmen machen."

„Danke fürs Nachhausebringen", sagte Christina nur. Sie war immer noch etwas verschnupft, dass Parker ihr so schonungslos die Meinung über Sterling gesagt hatte.

„Bis dann", verabschiedete sich Parker und wendete Foxy zurück in Richtung Whisperwood.

Christina sah ihm kurz nach, bevor sie den Weg nach Whitebrook hinunterritt. Es war nicht besonders gut gelaufen, aber wenigstens hatten sie miteinander geredet. Sie musste Parker nur etwas Zeit geben und durfte ihn nicht unter Druck setzen, während er die Probleme mit seinen Eltern regelte.

Am frühen Dienstagmorgen hatte Dani Stern bereits gesattelt, als Christina zur Morgenarbeit an der Whitebrook-Trainingsbahn erschien. Der Hengst stand mit erhobenem Kopf und gespitzten Ohren am Eingang zur Rennbahn bereit, die Aufmerksamkeit ganz auf die ovale Sandbahn gerichtet.

Christina blieb einen Moment etwas abseits stehen und ließ den Blick auf ihm ruhen. „Was machen wir nur mit dir, Stern?“ Sie zog ihren Reithelm auf und trat an seine Seite. Er schwang den Kopf zu ihr herum, und Christina hielt inne, um seine Nase zu streicheln. „Wir wissen, dass du gewinnen kannst. Also, wann zeigst du es uns?“

Dani stellte sich hinter Christina, um ihr auf Sterns Rücken zu helfen. „Er wird es schon noch kapieren“, sagte die Pflegerin. „Ganz bestimmt.“

„Danke, dass du an ihn glaubst“, entgegnete Christina. Dann ritt sie Stern auf das Geläuf.

Sie konnte kaum glauben, dass sie auf demselben Pferd saß, das erst am Sonntag eine so schwache Vorstellung geboten hatte. Stern strotzte nur so vor Kraft. Christina gab seinem Vorwärtsdrang nach und ließ die Zügel ein wenig länger, um die unglaubliche Energie des Hengstes unter sich zu spüren. Es war ein erhebendes Gefühl für den Augenblick, doch die Freude war nicht ungetrübt. Stern hätte die Pferde alle besiegen können, doch anscheinend tat er es nicht für jeden. Wenn sie ihre Mutter nicht überzeugen konnte, dass sie so weit war, ihre Jockeyprüfung noch vor Sterns zweitem Rennen abzulegen, würde Stern es niemals gewinnen.

Christina ließ Stern auslaufen und parierte ihn dann zum Schritt durch. Sie ritt zu Dani hinüber, die am Rail wartete. Als sie sich aus dem Sattel gleiten ließ, kam ihr Vater vorbei.

Er blieb an Sterns Schulter stehen und gab ihm einen liebevollen Klaps auf seinen glänzenden, fuchsfarbenen Hals. „Deine Mutter und ich möchten dich noch im Haus sehen, bevor du zur Schule fährst“, sagte er. „Es ist wichtig.“

Es klang ernst, doch sie musste noch ein weiteres Pferd

reiten. Was auch immer ihr Vater von ihr wollte, würde warten müssen, bis sie mit der Arbeit fertig war. Sie ging zu Joe hinüber, der Rascal für sie bereithielt. Der dreijährige Rappe sprühte vor Energie, und es bedurfte Christinas ganzer Konzentration, ihn auf der Bahn unter Kontrolle zu halten. Nachdem sie seine Morgenarbeit beendet hatte, übergab sie ihn Dani und eilte zum Haus.

Drinnen hörte sie die Stimmen ihrer Eltern aus dem Wohnzimmer und ging hinein.

Ihre Mutter saß auf dem Sofa, die Hände um eine Tasse Kaffee gelegt. Melanie saß in einem Lehnstuhl und sah todunglücklich aus – so als hätte ihr gerade jemand eröffnet, dass sie nie wieder reiten könnte. Christinas Vater war dabei, eine Kassette in den Videorekorder zu schieben.

„Setz dich“, sagte er, die Fernbedienung auf das Gerät gerichtet. „Wir möchten, dass du dir das ansiehst.“

Melanie lächelte sie dünn an, bevor sie den Kopf zum Bildschirm wandte.

Christina hockte sich auf eine Sessellehne und starrte auf den Fernseher. Nach ein paar Sekunden Schnee kam die Trainingsbahn von Whitebrook ins Bild. Die Bahn war bedeckt von den langen Schatten des frühen Morgens, doch Christina hörte das Trommeln von Hufen auf der Erde und Hintergrundgeräusche aus der Umgebung des Trainingsstalls.

Dann wechselte die Kameraperspektive, und Christina sah ein Pferd, das sich am Rail entlangbewegte. Als das Tier näher kam, erkannte sie Stern. Auf seinem Rücken saß Naomi.

Augenblicklich fühlte sich Christina zu Sterns katastrophalem Rennen zurückversetzt. Der Fuchshengst bummelte geradezu die Bahn hinunter.

„Das war letzte Woche“, sagte sie, „als Naomi Stern vor dem Rennen im Training geritten ist.“ Sie warf Melanie einen Blick zu, die mit gesenktem Kopf auf ihrem Stuhl kauerte. „Was ist hier los?“, wollte Christina wissen.

„Schau weiter zu“, sagte ihre Mutter.

Das Bild wechselte für ein paar Sekunden zu grauem Rauschen, dann erschien wieder die Trainingsbahn. Christina lehnte sich zurück und verschränkte die Arme vor dem Bauch. Auf diesem Bandabschnitt sah Stern schon ganz anders aus. Diesmal erkannte Christina Melanie auf seinem Rücken. Der Hengst lief mit mehr Begeisterung als vorher, doch Christina konnte sehen, dass er immer noch nicht so schnell war wie gerade eben mit ihr.

„Er läuft bei Melanie viel besser“, sagte ihre Mutter. „Sie wird ihn in seinem nächsten Rennen reiten.“

„Aber am besten läuft Stern unter mir!“, rief Christina aus. „Nimm’s mir nicht übel, Mel, aber ich finde wirklich, ich sollte ihn reiten.“

„Schon gut, Chris. Das finde ich auch.“ Ihre Cousine zuckte hilflos die Schultern.

Aileen schüttelte den Kopf. „Das ist ja alles schön und gut, Chris. Es gibt nur ein Problem – deine Jockeylizenz.“

„Dann lass mich die Prüfung machen“, sagte Christina, den Tränen nahe. „Ich kann das schaffen, Mom. Ganz bestimmt.“

Ihre Eltern tauschten einen Blick, dann seufzte ihr Vater. „Melanie hat ihre Lizenz bereits. Wenn du dich rechtzeitig für das Rennen qualifizieren kannst, könnten wir uns vielleicht überlegen, dich reiten zu lassen. Aber fürs Erste ist jetzt Melanie Sterns Jockey.“

„Okay. Wann kannst du einen Prüftermin für mich machen?“, wandte sich Christina an ihre Mutter.

„Na ja, wir müssen erst mal daran arbeiten, dich aus der Startmaschine zu bekommen“, sagte Aileen. „Das scheint dein größtes Problem zu sein.“

Christina atmete scharf aus. „Das kriege ich hin“, sagte sie. Sie musste einfach. „Wann kann ich üben?“

Ihre Mutter schüttelte den Kopf und lächelte über Christinas Ehrgeiz. „Du kannst heute Nachmittag anfangen“, sagte sie. „Aber wir können dir nicht versprechen, dass du rechtzeitig so weit sein wirst, um Stern auf den Churchill Downs zu reiten, Chris.“

„Keine Sorge“, versprach Christina. „Ich werde so weit sein.“

Kapitel 4

Christina verlagerte das Gewicht über Rascals Widerrist und versuchte, ein besseres Gefühl für die Balance zu bekommen. Sie standen eingepfercht in Whitebrooks Übungsstartbox und warteten darauf, dass Ian die Klappe öffnete, damit sie hinausspringen konnten.

Rascal warf schnaubend den Kopf hoch. Christina fasste die Zügel fester und griff in die Mähne. Angespannt wartete sie, dass die Tür aufflog. Rascal wölbte den Hals und war ganz zappelig, bereit zum Aussprung.

Draußen vor der Startmaschine saß Aileen auf Thunder, einem von Whitebrooks älteren Rennpferden. „Sei nicht so verkrampft“, sagte sie zu Christina. „Du sendest deine Nervosität direkt über die Zügel an dein Pferd. Rascal spürt das und wird auch unruhig.“

Christina holte tief Luft, atmete langsam aus und versuchte, die Hände ein wenig lockerer zu lassen. So sehr sie sich bemühte – sie fühlte sich immer noch, als säße sie auf einer Rakete, die jeden Moment ins All geschossen werden würde.

„Alles klar“, sagte sie und hörte sich vor lauter Herzklopfen selbst kaum.

„Okay, Ian!“, rief Aileen, und plötzlich flog die Tür auf. Im selben Moment schoss Rascal auf die Bahn. Christina hing auf seinem Rücken und versuchte verzweifelt, hinterher zu kommen. Ihr war, als sei das Pferd unter ihr ein Fremdkörper, obwohl sie immer noch im Sattel saß – zumindest gerade noch so. Ihr Schwerpunkt hatte sich weit nach hinten verlagert, und sie hielt sich fast nur noch mit den Händen fest, statt mit den Unterschenkeln.

Keine Panik, ermahnte sie sich.

Sie ließ Rascal rennen und versuchte, sich dem Rhythmus seines Galopps anzupassen und mitzugehen.

„Nimm ihn auf!“, hörte Christina ihre Mutter von hinten rufen.

Sie zog sanft am rechten Zügel, und Rascal wurde allmählich langsamer, bis er einen ruhigen Arbeitsgalopp ging. Sie ritt in einem Bogen zu ihrer Mutter zurück, die auf Thunder auf sie wartete.

„Versuch es noch mal“, sagte Aileen, als Christina den Hengst zum Halten gebracht hatte. „Du siehst aus, als könntest du dich kaum oben halten, wenn er aus der Startbox kommt, Chris.“

Christina biss frustriert die Zähne zusammen. „Aber ich bin nicht runtergefallen. Und ich fing gerade an, in den Rhythmus zu kommen, als du mich zurückgerufen hast.“

Aileen nickte. „Das reicht nicht. Im Rennen bist du umringt von Pferden, die alle um den besten Platz am Rail kämpfen. Du musst ihn in jedem Moment des Rennens absolut im Griff haben.“

Christina wusste, dass ihre Mutter recht hatte. Ein Jockey, der sein Pferd nicht beherrschte, war eine Gefahr für jeden Reiter und jedes Pferd auf der Bahn. „Lass es mich noch mal probieren“, sagte sie. „Ich muss das hinkriegen, Mom. Ich muss diese Prüfung bestehen.“

Nach weiteren Übungsstarts aus der Startbox, sowohl auf Thunder als auch auf Rascal, erklärte Aileen das Training für beendet. „Es klappt ja schon viel besser“, sagte sie zu Christina, während sie Dani Thunders Zügel reichte.

„Heißt das, ich kann mich jetzt prüfen lassen?“ Christina nahm ihren Helm ab und folgte ihrer Mutter zum Stall.

Aileen blieb in der Tür zum Büro stehen. „Ich sehe mal, ob ich zwei befreundete Jockeys auftun kann, die die Prüfung mit dir machen würden“, sagte sie.

Christina runzelte die Stirn. „Können das nicht du und Mel oder Naomi machen?“

„Nein.“ Aileen setzte sich an ihren Schreibtisch. „Die Jockeys, die sich für deine Ständerstartprüfung bereitstellen, dürfen keine Familienmitglieder sein, sonst wirst du von der Rennleitung nicht zugelassen. Und Naomi fährt mit Ian für ein paar Tage nach Florida runter. Keine Angst, du kennst bestimmt jeden, der in Frage kommt – es werden keine völlig Fremden sein.“

Christina hatte sich gerade vom Büro abgewandt und wollte weggehen, als ihre Mutter sie zurückhielt. Erwartungsvoll drehte sie sich wieder um.

„Deine Bemühungen um diese Lizenz nehmen gerade deine gesamte freie Zeit in Anspruch, nicht wahr?“, begann Aileen.

Unsicher, worauf ihre Mutter jetzt hinauswollte, legte Christina den Kopf schief und wartete darauf, dass sie fortfuhr.

„Ich meine, du solltest dir überlegen, ob du Sterling nicht für eine Weile auf Whisperwood einstellen willst. Sam hat Zeit, mit ihr zu arbeiten – viel mehr Zeit als du.“

Christina stockte der Atem, und sie starrte ihre Mutter an. Sie setzte zum Sprechen an, doch hielt sich dann zurück. „Na gut“, willigte sie schließlich ein. „Aber nur als vorübergehende Lösung. Ich will sie nicht aufgeben.“

„Du musst daran denken, was das Beste für Sterling ist, Chris. Gerade jetzt, wo du deine Jockeylizenz erwerben willst. Du wirst dich entscheiden müssen – Vielseitigkeit oder Rennreiten."

„Ich weiß", murmelte Christina. Ich will jetzt nicht darüber nachdenken, sagte sie zu sich. Sterling geht es gut. Wenn Sterns nächstes Rennen vorbei ist, habe ich wieder mehr Zeit für sie. „Danke, dass ich die Prüfung machen darf, Mom." Sie drehte sich um und stolperte aus dem Büro, während ihre Mutter schon zum Telefon griff.

Christina ging die Stallgasse zu Sterns Box hinunter. Melanie saß auf einem Heuballen vor Rascals Box und putzte einen Sattel.

„Sag mal, Mel, wärst du eigentlich sehr enttäuscht, wenn ich Stern in seinem nächsten Rennen reiten würde?", fragte Christina und beobachtete das Gesicht ihrer Cousine genau.

Melanies Augen leuchteten auf, und als sie vor Begeisterung aufsprang, rutschte ihr der vergessene Sattel vom Schoß und fiel auf den Boden. „Heißt das, du machst die Prüfung? Wann? Auf wem? Wer reitet mit dir? Kann ich zugucken? Das ist so toll!"

Christina nickte glücklich. „Mom organisiert gerade alles. Ich muss nur noch bestehen. Dann kann ich hoffentlich Stern auf den Churchill Downs reiten. Und wir werden gewinnen!" Sie hob die Hände, beide Daumen fest gedrückt.

„Ich freu mich so für dich!", sagte Melanie. Sie packte Christinas Hand und zog sie zu Sterns Boxentür. „Sieh mal, Stern – dein neuer Jockey!"

Christina kicherte. „Noch nicht. Aber fast."

Stern hob den feinen, fuchsfarbenen Kopf und blinzelte sie an. Ein Büschel Heu hing aus seinem seidigen Maul. Bald, mein Junge, bald, sagte Christina in Gedanken zu ihm.

Am folgenden Tag saß Christina in der Schulkantine, knabberte an einem Teller Pommes frites und blätterte in der *Daily Racing Form*, als Kevin McLean und Melanie an den Tisch kamen.

„Setzt euch", sagte Christina und legte die Rennzeitung beiseite.

„Wo ist Parker?", wollte Kevin wissen. „Ich sehe euch kaum noch zusammen."

Christina zwang sich zu einem Lächeln. „Wir sind in letzter Zeit beide ziemlich beschäftigt", sagte sie schnell. „Kann sein, dass er gerade bei einem Treffen mit dem Komitee für die Abschlussfeier ist." Christina hatte keine Ahnung, wo Parker steckte. Tatsächlich hatte er sie, seit sie beschlossen hatte, ihm mehr Freiraum zu geben, nicht mehr angerufen oder sich die Zeit genommen, sie zu sehen. Christina nahm ihn beim Wort, dass sein Verhalten nichts mit ihr zu tun habe, doch es blieb rätselhaft.

„Nächsten Herbst sind wir die Abschlussklasse", sagte Melanie mit einem aufgeregten Grinsen.

„Uh, da fühle ich mich ja ganz alt", bemerkte Kevin. „Ich meine, nicht mehr lange, und wir dürfen wählen."

Christina verdrehte die Augen. „Was für eine schreckliche Vorstellung", spottete sie und tunkte ihre Pommes in einen Klecks Ketchup. „Fährst du nach der Schule direkt nach Hause?", fragte sie ihre Cousine.

„Nein." Melanie zog den Deckel von einem Joghurtbecher ab. „Ich muss einen Test in Naturwissenschaften nachschreiben. Mein Lieblingschauffeur" – sie zeigte in Richtung Kevin – „nimmt mich später mit nach Hause." Kevin neigte den Kopf in gespielter Ehrerbietung. Melanie beugte sich über den Tisch und gab ihm einen flüchtigen Kuss auf die Wange.

„Dann nehme ich wohl alleine den Bus", sagte Christina. „Ich muss nach Hause und weiter üben. Hoffentlich hat Mom inzwischen einen Termin für meine Prüfung gemacht."

Als Christina am Stall ankam, saß ihre Mutter im Büro und sortierte einen Stapel Papiere. Christina setzte sich auf einen Stuhl, der neben der Tür stand, und wartete darauf, dass Aileen aufblickte.

„Deine Prüfung ist in einer Woche auf Sassy Jazz", sagte ihre Mutter dann. „Es ist gut, wenn du sie auf einem erfahrenen Pferd machst."

Die sechsjährige Rappstute war eine Tochter von Jazzman, Whitebrooks ältestem Zuchthengst und Sterns Vater. Sie war verlässlich, klug und schnell – ein gutes Pferd für die Prüfung.

Allein das Wissen, dass ein Prüftermin angesetzt war, machte Christina ganz kribbelig. Sie nagte an ihrer Unterlippe. „Welche Jockeys hast du gefunden, die mit mir starten?"

„Tommy Turner und Vicky Frontiere."

„Gut." Beide Reiter waren Freunde der Familie. „Ich mag sie."

Aileen nickte. „Und es macht einen guten Eindruck bei der Rennleitung, zwei so renommierte Jockeys wie Tommy und Vicky dabeizuhaben. So, dann machen wir uns mal an die Arbeit – du hast nur noch eine Woche." Ihre Mutter erhob sich.

Als sie auf die Trainingsbahn kamen, wartete Dani mit Sassy Jazz und Thunder beim Eingang. Christina hielt die Stute, während Dani Aileen auf Thunders Rücken half.

Sassy nickte mit dem kohlschwarzen Kopf und ließ den

winzigen weißen Stern unter ihrem Schopf aufblitzen. Dani warf auch Christina hinauf, und als diese im Sattel saß, sah sie zu ihrer Mutter hinüber.

„Fertig?“, fragte Aileen, während sie Thunders Zügel sortierte.

Christina nickte und ritt Sassy auf das Geläuf.

Eine halbe Stunde lang übten sie das Springen aus der Startbox. Ian McLean und Jonnie, einer der Stallburschen, bereiteten wieder und wieder die Startmaschine vor. Jedes Mal, wenn sie in den engen Stand eingeschlossen wurden, begann Christinas Herz zu klopfen. Sie machte sich bereit, beugte sich auf Sassys Rücken nach vorn und erwartete die Explosion des Absprungs.

„Halt sie gerade gerichtet!“, brüllte ihre Mutter, als die Klappe mal wieder aufflog.

Christina ritt in einem Bogen zurück, um es aufs Neue zu versuchen.

„Lass sie nicht einfach wegrennen!“

Jedes Mal, wenn sie losgaloppierten, rief Aileen Christina zurück. Und jedes Mal, wenn sie die Stimme ihrer Mutter hörte, zuckte Christina innerlich zusammen. Aileen war eine erfahrene Rennreiterin und eine gute Lehrerin. Natürlich hatte sie recht – Christina konzentrierte sich so auf den Sprung aus der Startbox, dass sie überhaupt nicht daran dachte, was danach geschah. Mit jedem neuen Versuch hätte sie am liebsten ihren Frust hinausgeschrien, doch sie gab nicht auf. Stern war auf sie angewiesen. Das Bild des stolz im Siegerring stehenden Hengstes, das sie im Geiste vor sich sah, gab ihr die Kraft, weiterzumachen.

Schließlich, nach unzähligen Versuchen, hörte sie die Stimme ihrer Mutter: „Gut, das reicht für heute! Machen wir Schluss.“

Christina stieß einen Seufzer der Erleichterung aus und ritt Sassy zum Tor. Der letzte Versuch war noch nicht perfekt gewesen, aber wenigstens hatte sie das Gleichgewicht gehalten. Was allerdings – wie ihre Mutter nicht müde wurde zu betonen – nicht ausreichte, um die Prüfung zu bestehen, geschweige denn ein Rennen zu gewinnen. Sie fragte sich, ob sie je gut genug sein würde, um Sterns Jockey zu sein. Nicht mehr lange, und sie würde es wissen.

Nachdem sie Sassy der Pflegerin übergeben hatte, machte sich Christina auf den Weg zu Sterns Koppel. Mit nickendem Kopf die Fliegen vertreibend, überquerte der Hengst die Weide, um sie zu begrüßen. Die tief stehende Nachmittagssonne wurde von seinem Fell reflektiert und verwandelte es in gleißendes Kupfer. Der Hengst sah zufrieden und entspannt aus.

Christina hob die Hand und streichelte den weißen Stern auf seiner Stirn. „Na, mein Großer“, gurrte sie. „Braver Junge.“

Zwei Koppeln weiter wieherte laut ein Pferd. Als Christina aufblickte, sah sie Sterling wie wild um die Weide buckeln. Sofort begann das schlechte Gewissen an ihr zu nagen, weil sie die Stute heute nicht geritten hatte. Vielleicht würde es einigen Druck von ihr nehmen, wenn sie Sterling zu Sam gab. Die Stute würde dort gut versorgt sein, und Christina konnte sich auf Stern konzentrieren, ohne das Gefühl zu haben, sich zwischen zwei Pferden zerreißen zu müssen. Morgen rede ich mit Mom und Sam, beschloss Christina schweren Herzens.

Während sie am nächsten Morgen ihre Stallschuhe schnürte, kreisten Christinas Gedanken um Stern, Sterling und Parker. Selbst wenn es ihr gelang, die Prüfung zu bestehen

– war sie auch gut genug, um Stern in einem Rennen zu reiten? Mit Sterling in der Vielseitigkeit hatte sie immer das Gefühl gehabt, irgendwie würde sie schon mit allem fertig, was auf sie zukam; sei es eine anspruchsvolle Dressuraufgabe oder eine schwierige Kombination auf der Querfeldeinstrecke. Doch das jetzt war etwas anderes. Auch mit ihrer Lizenz hatte sie nur einen einzigen, alles entscheidenden Versuch, um sich mit Stern zu bewähren.

Als sie an die Trainingsbahn kam, erwartete Stern sie schon fertig gesattelt. Dani hob sie auf seinen Rücken, und Christina ritt auf das Geläuf. Melanie trabte Rascal bereits die frisch abgezogene Sandbahn hinunter.

Christina trieb Stern in den Galopp und fegte an Melanie vorbei, den Blick gerade nach vorn gerichtet. Stern schlug mit dem Kopf und buckelte leicht, um ein bisschen überschüssige Energie abzulassen.

Christina setzte sich zurück und parierte ihn energisch zum Halten durch. „Steh", sagte sie. Bevor sie sich beherrschen konnte, stiegen ihr Tränen der Enttäuschung in die Augen.

„Was ist los?", fragte Melanie, die mit Rascal an ihre Seite trabte.

Christina atmete tief ein, dann sprudelten die Worte nur so aus ihr heraus. „Ich komme mir so dumm vor!", jammerte sie. „Ich kriege das niemals richtig hin. Ich werde nie gut genug sein. Wie blöd bin ich eigentlich, dass ich mir eingebildet habe, ich könnte Jockey sein?!" Sie rang nach Luft. „Und meine Mutter sagt immer nur: ‚Das reicht nicht. Versuch es noch mal.' Sie macht mich noch wahnsinnig!"

„Na ja, vielleicht kommt sie dir nur so streng vor, weil sie deine Mutter ist", sagte Mel achselzuckend. „Betrachte sie einfach als deine Trainerin, und hör auf zu jammern. Sie kritisiert dich nicht mehr als mich damals, als ich mich auf meine Prüfung vorbereitet habe."

„Ich jammere nicht."

„Ach nein?"

„Nein ..." Christina fing sich und sah Melanie an. „Okay, vielleicht jammere ich, aber nur ein bisschen."

„Ein bisschen viel", ergänzte Melanie.

„Na gut. Ein bisschen viel. Aber danach fühle ich mich besser."

Sie ritten weiter, und Christina merkte, wie der Druck bereits von ihr abfiel. Melanie hatte recht. Sie sollte dankbar sein, dass ihre Mutter sie unterrichtete. Aileen war eine der besten Rennreiterinnen des Landes. Sie wendeten ihre Pferde und ließen sie galoppieren. Die kühle Morgenluft fegte an Christinas Wangen vorbei, während sie im Rhythmus von Sterns Galopp mitging.

Sie ließen ihre Pferde auslaufen und parierten sie schließlich zum Schritt durch. Plötzlich erschrak Stern vor einer unsichtbaren Gefahr. Er zuckte mit den Ohren und tänzelte seitwärts.

Christina richtete sich schnell auf und hielt die Hände ruhig, unmittelbar auf einen Sprung zur Seite gefasst.

„Ruhig, mein Junge", sagte sie.

Stern schnaubte, als wäre es ihm peinlich, so ein Angsthase zu sein, und schritt weiter die Bahn entlang.

Christina klopfte seinen Hals. „So ist's brav", sagte sie. „Da war doch gar nichts."

Sie warf einen Blick zu Melanie. Ihre Cousine grinste.

„Was ist?", wollte Christina wissen.

„Niemand kann so mit Stern umgehen wie du, Chris. Du brauchst nur daran zu denken, was du von ihm willst, und schon ist er da. Er ist total auf dich fixiert."

Christina lachte leise. „Ja, wir haben wohl einen besonderen Draht zueinander", stimmte sie ihr zu. Sie beugte sich nach vorn und umarmte den warmen, rotbraunen Hals des Hengstes. Aber ich werde das nicht beweisen können, wenn ich ihn nicht in diesem Rennen reite, fügte sie bei sich hinzu.

Christina ließ Melanie allein und ritt Stern vom Geläuf. Sie schlug den Weg zu den von Bäumen gesäumten Reitwegen hinter Whitebrook ein.

Die geschwungenen Wiesen schimmerten grünblau in der Nachmittagssonne wie ein Meer aus Gras, das sich scheinbar endlos vor ihnen ausbreitete. Ein leichter Wind raschelte in den Kronen der Eichen, die den Weg säumten. Als sie auf Whisperwood ankamen, stellte Christina Stern auf eine freie Koppel und ging zum Haus.

„Hallo, Fremde." Sam hielt die Küchentür auf und lud Christina mit einer Handbewegung ein, hereinzukommen.

„So lang ist es auch wieder nicht her", entgegnete Christina und umarmte Sam kurz.

„Lang genug. Setz dich." Sie zeigte auf einen Stuhl am Küchentisch. Christina nahm Platz. Als sie sich in Sams gemütlicher Küche umschaute, fand sie sich umgeben von allem, was sie an der Vielseitigkeit so liebte. Die Wände waren über und über mit Fotos und Preisen geschmückt, Andenken aus vielen Jahren erfolgreicher Turnierreiterei. Es gab sogar Bilder von Sam und ihrem Mann Tor auf Turnieren in Irland, wo sie einige Jahre gelebt hatten.

Ihr Blick blieb an einem gerahmten Foto der jungen Sam auf Sierra hängen, dem ersten Pferd, das Sam und Tor gemeinsam für Hindernisrennen trainiert hatten. Der Anblick von Sam mit sechzehn, wie sie stolz und selbstbewusst auf dem großen Hengst thronte, ließ Christina lächeln. Ihre

Mutter und Sam liebten beide die Arbeit mit den Vollblütern, doch beruflich hatten sie sehr unterschiedliche Richtungen eingeschlagen.

Sam nahm ihr gegenüber am Tisch Platz. „Wie geht es meinem Vater? Ich habe ewig nicht mit ihm gesprochen."

„Ian hat im Moment furchtbar viel um die Ohren", erzählte Christina. „Er muss sich um die Fohlen von diesem Jahr kümmern, dazu noch um die Zwei- und die Dreijährigen. Er hat wohl nicht viel Freizeit."

„Das kann ich mir vorstellen." Sam seufzte. „Und wie läuft es mit Stern?"

Christina senkte den Blick auf die Tischplatte. „Ich weiß nicht. Nach seinem ersten Rennen zu urteilen, sollte er vielleicht lieber einen Milchkarren ziehen statt Rennen laufen. Aber ich mache jetzt die Prüfung für meine Jockeylizenz, damit ich ihn in seinem nächsten Rennen reiten kann. Vielleicht geht er dann besser."

„Du bist eine gute Vielseitigkeitsreiterin, Chris. Du wirst bestimmt auch eine gute Rennreiterin."

Sams Worte erinnerten Christina an den Grund ihres Besuchs. „Sam, ich brauche deine Hilfe."

Sam musterte sie einen Augenblick, nickte dann und stand auf. „Reden wir doch im Stall darüber. Es ist fast Fütterungszeit. Du kannst Sterling besuchen."

Christina nickte und folgte ihrer Reitlehrerin hinaus zu Whisperwoods großem, luftigem Stallgebäude. Sterling stand in der letzten Box – Sam hatte sie heute Morgen abgeholt. Die Stute drehte den grauen Kopf und wieherte leise, und Christina lief zu ihr hin. Sie streichelte Sterlings Nase und blinzelte ein paar unerwartete Tränen weg.

„Sie scheint sich hier wohlzufühlen", sagte Sam von hinten.

Christina fuhr mit der Hand über Sterlings glatten Hals. Sie sah wirklich zufrieden aus.

„Kaitlin ist sie heute Nachmittag geritten“, fuhr Sam fort. „Die beiden passen gut zusammen. Ich habe mir gedacht, du könntest ihr vielleicht eine Reitbeteiligung an Sterling anbieten.“

Christina starrte Sam an. War sie wirklich schon bereit, Sterling abzugeben? Würde sie es ertragen, jemand anderen sie regelmäßig reiten zu sehen? „Aber was ist mit Kaitlins Pferd?“, wollte sie wissen.

„Flame ist fünfzehn. Er ist so weit, in den Ruhestand zu gehen, und Kaitlin ist so weit, ein jüngeres, talentierteres Pferd zu reiten. Sie ist eine ordentliche kleine Reiterin mit einem sehr klugen Kopf auf ihren Schultern.“

Christina schalt sich dafür, dass sie so egoistisch war. Sie mochte Kaitlin, und sie wusste, das Mädchen würde wunderbar für Sterling sorgen. „Meinst du, sie wäre interessiert, Sterling zu kaufen?“ Welchen besseren Platz konnte sie für ihre Stute finden?

Doch Sam schüttelte den Kopf. „Ihre Eltern wollen kein neues Pferd kaufen. Kaitlin wird nächstes Jahr auf ein Internat gehen.“

„Oh.“ Christinas kurzes Gefühl der Freude schwand.

„Mir war nicht klar, dass du vorhast, sie zu verkaufen“, sagte Sam.

„Hab ich auch nicht. Ich dachte nur, wenn sie einen Platz bei jemandem wie Kaitlin bekommen könnte, wäre das vielleicht die beste Lösung.“

Sam musterte Christina. „Wenn du dir sicher bist, dass du Sterling verkaufen willst, dürfte es nicht schwer sein, einen Käufer zu finden“, sagte sie, während sie an der zinnfarbenen Mähne der Stute zupfte. „Du hast viel in ihre Ausbildung investiert, und sie hat ein großes Potenzial. Ich könnte den richtigen Besitzer für dich finden, Chris. Du kannst mir vertrauen."

„Das weiß ich, Sam."

Aber als sie Stern wieder gesattelt hatte und nach Hause ritt, musste sich Christina immer wieder die Tränen aus den Augen wischen. Sich von Sterling zu trennen war schwerer, als sie es sich vorgestellt hatte. Sie wusste immer noch nicht, ob sie es wirklich übers Herz bringen würde.

Als sie zu Hause angekommen war und Stern gefüttert und getränkt hatte, erwartete ihre Mutter sie in der Küche. „Sam hat gerade angerufen. Sie hat dir etwas Wichtiges zu sagen. Du sollst sofort zurückrufen."

Christinas Herz zog sich zusammen, als ihr klar wurde, dass Sam wahrscheinlich bereits einen Käufer für Sterling gefunden hatte. Sie nahm das Telefon und wählte langsam die Nummer. Bei jedem Klingeln war sie versucht, aufzulegen.

„Hallo?", meldete sich Sam. „Christina?"

„Ja, ich bin's."

„Nachdem du weg warst", sagte Sam, „habe ich ein paar Anrufe gemacht. Ich musste noch mit Tor reden, bevor ich etwas sagen konnte. Aber ich habe zwei großartige Neuigkeiten für dich: Wenn du sicher bist, dass du Sterling abgeben willst, würden wir sie gern kaufen und auf Whisperwood behalten."

Christinas Herz machte einen Luftsprung. Sterling würde in der Nähe bleiben, und sie würde Sam gehören, was im Grunde war, als bliebe sie in der Familie. „Ehrlich, Sam?", fragte sie und strahlte vor Glück.

„Die zweite gute Nachricht ist, ich werde Kaitlin eine

Reitbeteiligung an ihr geben“, fuhr Sam fort. „Was hältst du davon? So würde Sterling hierbleiben und weiter bei mir altem Drachen im Unterricht gehen.“

„Danke, Sam! Du hast mir gerade das Leben gerettet.“

„Ich danke dir, Chris. Jetzt gib mir mal Aileen – wir müssen noch ein paar Einzelheiten klären.“

Als sie ihrer Mutter das Telefon reichte, war Christina fast schwindelig vor Erleichterung. Sterling würde in den besten Händen sein, und das so nah, dass Christina sie jederzeit besuchen konnte.

Jetzt musste Christina nur noch dafür sorgen, dass Stern sein nächstes Rennen gewann. Denn wenn nicht, hätte sie Sterling und Stern verloren.

Kapitel 5

Die Fahrt zur Keeneland-Rennbahn zog sich in die Länge. Christina starrte aus dem Fenster auf die vorbeiziehenden Gehöfte und versuchte, Ruhe und einen klaren Kopf zu bewahren. Doch es war schwer, still zu sitzen, wenn sich der Magen nervös zusammenkrampfte.

Nachdem ihre Mutter den Pferdetransporter bei den Stallungen geparkt hatte, half Christina ihr, Sassy auszuladen. Geistesabwesend streichelte Christina die Nase der Stute, in Gedanken bei ihrer Prüfung, während Aileen die Ausrüstung kontrollierte und die Stute sattelte.

Es wurde gerade hell, als sie zur Bahn aufbrachen. Christina ritt auf das Geläuf und trabte Sassy im Uhrzeigersinn am Außenrail entlang. In der Mitte der Bahn galoppierten Arbeitsreiter ihre Pferde in der Gegenrichtung.

Christina legte eine Runde im Trab zurück, wendete Sassy und ließ sie kurz galoppieren. Als sie die Stute aufgewärmt hatte und zurück zu Aileen ritt, waren auch Tom und Vicky, die Mitreiter, eingetroffen.

„Hallo, Chris." Tom Turner, ein alter Freund ihrer Eltern, nickte ihr zu. Toms glänzender Fuchs senkte den Kopf und tänzelte herum, doch der erfahrene Jockey ging geschmeidig mit den Bewegungen des Tieres mit, völlig unberührt vom Gezappel des Hengstes unter ihm.

Vicky Frontiere parierte mit ruhiger Hand ihre Schimmelstute, die offensichtlich schon ganz hibbelig war und endlich rennen wollte. Vicky und Aileen waren an der Westküste zahlreiche Rennen gegeneinander geritten, und seit Vicky letztes Jahr nach Kentucky gezogen war, hatte sie die Reeses schon ein paar Mal auf Whitebrook besucht.

„Wenn es darum geht, mehr Speed aus eurem Hengst herauszuholen“, sagte Tom zu Christinas Mutter, „könnte ich mir die Zeit nehmen, ihn für euch zu reiten.“

Ihre Mutter schüttelte den Kopf. „Ich wäre froh, wenn es nur darum ginge, Tom. Danke für dein Angebot. Das Problem ist nicht sein Speed, davon hat er jede Menge. Aber er ist so auf Christina fixiert, dass sie anscheinend die Einzige ist, für die er sich richtig ins Zeug legt.“

Vicky verstand und nickte. „Manche Pferde sind da sehr eigen“, sagte sie. „Sie brauchen einen bestimmten Typ Reiter, um gut zu gehen. Ich habe schon mit solchen Pferden gearbeitet. Wenn du nicht gerade ihr Lieblingsreiter bist, können sie ganz schön schwierig sein.“ Sie lächelte Christina an. „Ich finde es toll, dass du deine Lizenz machen willst. Wir brauchen mehr gute Amazonen auf der Rennbahn.“

„Danke“, sagte Christina. „Hoffentlich bin ich auch gut.“

„Natürlich bist du das“, entgegnete Vicky. „Da bin ich ganz sicher. So, dann wollen wir mal.“ Sie wendete ihre Stute auf das Geläuf.

Christina ritt mit Tommy und Vicky am Außenrail entlang zur Startmaschine, die auf der hinteren Geraden aufgebaut war. Christina versuchte, sich nicht verrückt zu machen, um Sassy nicht mit ihrer Nervosität anzustecken.

„Der offizielle Starter wird uns die Startmaschine öffnen“, erklärte Vicky. „Wenn du gestartet bist, galoppieren wir noch ein kurzes Stück weiter, damit wir sehen, wie du dein Pferd im Griff hast, und das war’s. Dann gehst du zur Rennleitung und hoffst, dass du bestanden hast.“

„Danke“, sagte Christina. Ihre eigene Stimme klang fremd in ihren Ohren. Bei Vicky hörte sich das so einfach an. Warum war sie dann so nervös?

Die Helfer erwarteten sie schon an der Startmaschine. Sassy ging bereitwillig hinein, und die hintere Tür fiel zu. Die Stute spitzte die Ohren und schnaubte. Ungeduldig trat sie von einem Bein aufs andere, während sie auf das Öffnen der Klappen wartete. An der Bande sah Christina ihre Mutter stehen, die ihr den erhobenen Daumen zeigte. Dann wurden Tommys und Vickys Pferde in die Boxen rechts und links von ihr dirigiert. Christina hörte Tommy mit den Starthelfern scherzen und wünschte, sie könnte das Ganze etwas lockerer nehmen, doch für sie stand zu viel auf dem Spiel.

„Wird schon schiefgehen“, sagte Vicky aus dem Stand neben ihr. „Du weißt, was du zu tun hast, und du weißt, wie es geht. Sieh einfach zwischen ihren Ohren hindurch nach vorn und reit gerade hinaus, dann klappt das schon.“

Christina nickte, zu aufgeregt zum Sprechen.

„Okay“, sagte Tommy auf der anderen Seite. „Dann mal los.“

Christina stellte die Füße in die Steigbügel und neigte sich weit nach vorn, gefasst auf den Absprung. Einen Augenblick herrschte völlige Stille, dann, mit einem plötzlichen Knall, flogen die Klappen auf.

Sassy schoss nach vorn auf die Bahn, und Christina ging mit der Bewegung mit. Das Herz schlug ihr bis zum Hals, der Wind pfiff an ihren Ohren vorbei. Sie holte Luft. Sie hatte es geschafft! Dann merkte sie, wie ihr der rechte Fuß aus dem Steigbügel glitt, und sie fiel nach vorn auf Sassys Schulter. Sassy, irritiert von dem unkontrollierten Schwanken auf ihrem Rücken, lief schneller.

Christina griff mit der linken Hand in Sassys Mähne und

versuchte verzweifelt, die Stute durch Paraden zu bremsen. Doch ihre Zügel waren zu lang, und Sassy galoppierte weiter, als wollte sie ein Rennen gewinnen. Christina versuchte, sich aufzurichten, doch sie war bereits zu sehr aus dem Gleichgewicht und konnte ihren rechten Steigbügel nicht finden. So hing sie hilflos im Sattel, sah Sassys Beine in ihrem Blickfeld aufblitzen und hörte das Trommeln der beschlagenen Hufe auf der Sandbahn. Von rechts schob sich die graue Schulter von Vickys Stute ins Bild, als diese auf sie zuschwenkte.

Einen schrecklichen, scheinbar endlosen Augenblick lang dachte Christina, sie würde von Sassys Rücken rutschen und zwischen die wirbelnden Pferdehufe geraten. Doch Vicky streckte die Hand nach ihr aus, gab ihr einen Schubs gegen die Schulter und schob sie so zurück in den Sattel. Sobald sie wieder aufrecht saß, sah Christina Tommy, der dicht an ihrer anderen Seite ritt, um Sassy auf einer geraden Linie zu halten.

Die beiden Jockeys begannen, ihre Pferde zurückzunehmen, und Sassy wurde ebenfalls langsamer. Da ihr rechter Fuß bereits frei war, schüttelte Christina auch den linken Steigbügel ab und ließ die Beine zum Durchparieren lang. Als sie die Stute endlich zum Stehen bekam, schwang sie sich aus dem Sattel und sprang zu Boden. Ihre Beine zitterten so stark, dass sie kaum stehen konnte. Vicky hielt neben ihr an.

„Alles in Ordnung?", rief Tommy ihr zu.

„Was ist passiert?", fragte Vicky. Sie saß ab und legte Christina den Arm um die zitternden Schultern.

„Alles lief gut", sagte Christina und schnappte nach Luft. „Dann war plötzlich der Steigbügel weg."

Tommy und Vicky wechselten einen Blick. „Du musst

mit deiner Mutter reden, ob du die Prüfung wiederholen kannst“, sagte Vicky.

Fast krank vor Enttäuschung, führte Christina Sassy am Rand der Bahn zu ihrer Mutter zurück.

„Es tut mir leid, Chris, aber du bist eindeutig noch nicht in der Lage, ein Rennen zu reiten“, sagte Aileen.

„Ich muss nur mehr üben“, wandte Christina ein. „Ich kann mich doch in ein paar Tagen noch mal prüfen lassen, oder?“

Aber Aileen schüttelte den Kopf. „Die Zeit läuft uns davon. Melanie wird Stern reiten – das ist das einzig Vernünftige.“

„Aber können wir das Rennen nicht verschieben?“

Aileen seufzte matt. „Das wird Brad nicht akzeptieren. Wir müssen mit dem arbeiten, was wir haben. Melanie hat auch einen Draht zu Stern, Chris. Sie muss ihn nur öfter reiten.“

Christina schwieg während der kurzen Fahrt nach Hause. Es war offensichtlich, dass ihre Mutter ihre Entscheidung getroffen hatte. Christinas Gesicht fühlte sich heiß an, und sie kämpfte gegen die Tränen. Heute Nachmittag sollte sie Sterling das letzte Mal reiten, bevor sie in Samanthas Besitz überging. Nun verlor sie nicht nur Sterling, sondern aller Wahrscheinlichkeit nach würden ihr die Townsends auch Stern wieder wegnehmen.

Das darf doch alles nicht sein, dachte Christina verzweifelt. Ich muss etwas unternehmen.

Sie würde nicht alles, was ihr etwas bedeutete, kampflos aufgeben.

Als sie nach Whisperwood kam, erwartete Parker sie vor Sterlings Box.

„Ich dachte, du willst vielleicht nicht allein sein“, sagte er einfach.

Beim Putzen und Satteln nahm sich Christina viel Zeit und ließ keinen Quadratzentimeter von Sterlings seidigem, dunkelgrauem Fell aus. Bevor sie die Stute aus dem Stall zu Parker und Foxy führte, schlang sie die Arme um Sterlings Hals und atmete ihren warmen, vertrauten Geruch ein.

„Das wird nicht nur ein Ausritt – das wird ein Picknick, Chris“, sagte Parker und grinste sie an. Er kontrollierte Foxys Sattelgurt und schwang sich dann auf ihren Rücken. Hinter den Sattel waren dick ausgebeulte Satteltaschen geschnallt.

Christina legte den Kopf schräg und bewunderte Parkers Haltung auf der braunen Stute: Groß und schlank saß er im Sattel, den Rücken gerade, die Hände tief. Selbst in abgewetzten Jeans und T-Shirt sah Parker aus, als sei er dem Cover einer Pferdesport-Zeitschrift entsprungen.

„Klingt gut“, sagte sie und nahm die Zügel auf. Sie ließ sich nicht anmerken, wie überrascht sie war, dass Parker überhaupt mit ihr redete.

„Das war’s also?“, fragte er. „Nach heute gehört Sterling nicht mehr dir?“

Nickend zupfte Christina an Sterlings dichter, dunkler Mähne. „Sam sagt, ich kann jederzeit rüberkommen und sie reiten, aber es wird nicht dasselbe sein. Sie wird nicht mehr mein Pferd sein.“

Sterling warf den Kopf hoch und schüttelte ihre Mähne. Christina strich die Haare wieder glatt.

„Aber es ist schön, dass sie hierbleiben kann“, sagte Parker.

Seine Stimme klang komisch, und Christina warf einen schnellen Blick in seine Richtung, doch er hatte das Gesicht abgewandt. Obwohl er gleich neben ihr war, hörte sich Parker an, als wäre er meilenweit entfernt. Er musste ihren Blick gespürt haben, denn er drehte den Kopf und lächelte sie an. Dennoch wurde Christina das Gefühl nicht los, dass etwas ganz und gar nicht stimmte.

„Es wird seltsam sein, dich nicht mehr auf all den Turnieren zu sehen“, sagte Parker.

„Ich verspreche dir, ich komme immer noch hin, um dich reiten zu sehen“, entgegnete Christina. „Ich werde dein persönlicher Fanclub sein. Solange du mir versprichst, zu allen Rennen von Stern zu kommen.“ Sie hatte Parker nichts von ihrer nicht bestandenen Prüfung erzählt. Und sie hatte den Gedanken, Sterns Jockey zu werden, immer noch nicht aufgegeben.

„Toll“, sagte Parker. „Abgemacht.“ Er wendete Foxy auf den Weg, der von Whisperwood wegführte. „Lass uns einen richtig langen Ausritt machen, okay? Wir können die Landstraße überqueren und auf den Reitwegen im Naturpark reiten.“

„Okay.“ Christina bewegte Sterling neben Foxy, und sie schlugen den Weg zur Straße ein.

Sie ritten ein gemütliches Tempo und genossen die Landschaft. Es war schön, draußen im Gelände zu sein, und Christina versuchte, alle Gedanken an ihre Prüfung beiseite zu schieben. Neben dem Reitweg schlängelte sich ein kleiner Fluss entlang, und die Aprilsonne glitzerte auf dem Wasser. Insekten summten durch die Luft, während in den Ästen über ihren Köpfen die Vögel trillerten und sangen.

Als sich der Weg auf eine grasbewachsene Lichtung öffnete, wo der Bach in einen kleinen Teich floss, hielt Parker Foxy an und stieg ab.

Christina sprang von Sterlings Rücken und streckte die

Glieder. Hoch über ihnen keckerte laut ein Eichhörnchen, und der Wind flüsterte in den Kronen der Kiefern.

Parker setzte sich auf einen großen Stein am Rand des Wassers. Foxy stand ruhig neben ihm. Christina setzte sich hinter Parker und lehnte sich mit dem Rücken an seinen. Sie schloss die Augen und genoss die wärmende Sonne auf dem Gesicht. Mit einer Hand hielt sie die Zügel, während Sterling aus dem Fluss trank.

„Wie läuft es denn überhaupt mit Stern, Chris?“, erkundigte sich Parker. Christina hörte ein leises Schuldgefühl aus seiner Stimme heraus, als hätte er ein schlechtes Gewissen, weil er kaum noch etwas von ihr mitbekam. „Meinst du, in seinem zweiten Rennen geht er besser?“

Christina regte sich unruhig und seufzte. „Stern könnte wahrscheinlich jedes Rennen gewinnen. Er ist nicht das Problem. Das Problem bin ich. Wenn er verliert, ist es meine Schuld, nicht seine.“

„Wieso das denn?“, fragte Parker.

Christina erzählte ihm alles über ihre Prüfung, und dass Melanie Stern in seinem nächsten Rennen reiten würde.

„Hat deine Mutter dir bei der Vorbereitung geholfen?“ Parker rückte herum, sodass er neben ihr saß. Foxy döste in der Sonne, ein Hinterbein angewinkelt, die Augen halb geschlossen. Sterling rupfte Löwenzahn, der am Ufer wuchs.

„Ja.“ Christina seufzte. „Ich kriege das nur mit dem Start irgendwie nicht hin.“

„Aber du bist doch jetzt schon eine ganze Weile Arbeitsreiterin. So anders kann das doch nicht sein.“

„Doch. Und wie es aussieht, werde ich wohl auch vorerst Arbeitsreiterin bleiben“, sagte Christina niedergeschlagen.

Parker pflückte einen langen Grashalm, der neben dem Stein wuchs, und steckte ihn sich zwischen die Zähne. „Du glaubst also wirklich nicht, dass er ohne dich eine Chance hat?“

„Nein!“, sagte Christina mit mehr Nachdruck, als sie beabsichtigt hatte. „Ich meine, Mel ist eine tolle Reiterin, aber Stern läuft bei mir am besten. Ich weiß nicht mehr, was ich machen soll“, fuhr sie fort und zog die Knie an die Brust. Sterling hatte das Maul wieder im Wasser versenkt und ließ es dann ihre locker herabhängende Lippe umspielen. Christina konnte bei dem Anblick nicht anders als zu lächeln, und als die Stute den Kopf hochriss, spritzte Christina das Wasser ins Gesicht.

Sie wischte sich die Tropfen mit dem Ärmel ab und stützte das Kinn auf die Knie.

„Meinst du, wenn wir in zehn Jahren zurückblicken, erinnern wir uns noch daran, heute hier gewesen zu sein?“ Christina schaute auf das glitzernde Wasser, das ein paar große Steine in der Mitte des Flusses umströmte und Strudel bildete.

„Natürlich werden wir das“, sagte Parker und streckte die Beine aus. „Wir werden in unseren Schaukelstühlen auf der Veranda vorm Altenheim sitzen ...“

Christina lachte auf. „In zehn Jahren? Das bezweifle ich. Meine Eltern benehmen sich heute noch manchmal, als wären sie jünger als ich.“

Parker hob einen Kiefernzapfen auf und warf ihn ins Wasser. Ein paar Sekunden wurde er in der Strömung herumgewirbelt, bevor er flussabwärts trieb. „Ich wünschte, meine Eltern könnten sich auch mal etwas locker machen. Meine Mutter schmiert sich all das Zeug ins Gesicht, um ewig jung auszusehen, aber ich glaube, sie hat noch nie so richtig gelebt.“

Christina wand sich innerlich. Es war nicht ihre Absicht

gewesen, Parker an seine Eltern zu erinnern. „Ist alles in Ordnung bei dir zu Hause?“, fragte sie zögernd.

Parker zuckte die Schultern. „Mein Großvater fährt morgen für zwei Wochen nach Argentinien. Er ist immer noch der einzige Normale im Haus. Zum Glück bin ich im Moment so beschäftigt mit der ganzen Planung für die Abschlussklasse. Sonst wäre ich längst durchgedreht.“

„Aber ich dachte, mit deinen Eltern wäre es jetzt ... besser.“ Allein der Gedanke, wie Brad und Lavinia ihren Sohn behandelten, machte Christina rasend.

„Ach, ja, es ist erträglich“, sagte Parker bitter. „Wir halten uns nicht gerade viel im Kreis der Familie auf, was schon mal gut ist. Es nervt nur immer, wenn Dad mal wieder meint, mir sagen zu müssen, was ich mit meinem Leben anfangen soll. Meine Mutter hält sich vermutlich nur zurück, weil sie Angst hat, von dem Stress Falten zu kriegen.“

Christina hätte gelacht, wenn sie nicht gewusst hätte, dass Parker es todernst meinte.

Er stand auf. „Lass uns noch ein Stück weiterreiten“, schlug er vor. „Ich war vor ein paar Wochen mit Kevin hier oben. Ein paar Meilen weiter gibt es einen kleinen Wasserfall, wo wir Rast machen und etwas essen können.“

Christina saß auf Sterling auf und wartete, bis Parker ebenfalls im Sattel saß.

Während sie weiter dem Weg folgten, ging Christina im Kopf wieder und wieder die verpatzte Prüfung durch. Vielleicht hatten ihre Steigbügel nicht die richtige Länge gehabt. Oder vielleicht ...

„Guck mal“, unterbrach Parker ihre Gedanken. „Siehst du die Bäume da auf der anderen Seite der Lichtung?“

Christina nickte. Das kurze Gras der Lichtung gab den

Blick auf einen umgestürzten Baum frei, hinter dem sich ein junger Baum bis zur Erde gebogen hatte, sodass er einen niedrigen Durchgang bildete. Durch den Bogen sah sie einen breiten Weg, der sich durch eine Gruppe Ulmen schlängelte.

„Der Weg da kommt beim Wasserfall raus. Wer Erster ist, bekommt vom Verlierer ..." Seine Stimme verlor sich.

„Was?", wollte Christina wissen. „Einen Kuss?"

Bevor Parker die Chance hatte, noch etwas zu sagen, beugte sich Christina nach vorn und trieb Sterling in den Galopp. Tief über Sterlings Widerrist gekauert, brachte sie zur Anwendung, was sie im Renntraining gelernt hatte.

„He!", hörte sie Parker hinter sich rufen, dann das Donnern von Foxys Hufen, als auch sie in den Galopp fiel.

Christina richtete sich ein wenig auf und suchte den Boden vor ihnen nach Löchern oder Unebenheiten ab, doch der Weg war frei. Sie warf einen Blick über die Schulter zurück. Trotz Sterlings Vorsprung beim Start waren Parker und Foxy dabei, aufzuholen. Christina drehte sich lachend wieder nach vorn und lenkte Sterling auf den umgestürzten Baumstamm zu. Auf dem Weg zum Hindernis hielt sie die Hände ruhig, damit die Stute Anlehnung hatte. Sterling passte kaum merklich ihren Galoppsprung an, und dann segelten sie über den Stamm. Die Schwebephase schien dank ihres hohen Tempos und des flachen Absprungs eine Ewigkeit zu dauern.

Als sie auf der anderen Seite landeten und weitergaloppierten, hörte sie Parker über dem Sprung johlen.

„Los, Sterling, lauf!" Christina kauerte sich wieder tiefer und hielt die Zügel straff genug, damit Sterling nicht auseinanderfiel. Das rhythmische Trommeln der Hufe dröhnte in ihren Ohren, und ihr war, als hörte sie das Tosen einer

Zuschauermenge, während sie und Sterling der Ziellinie entgegenstürmten.

Dann kamen sie an den zur Erde gebogenen Baum. Der kürzeste Weg führte geradeaus über die höchste Stelle des Bogens, mindestens einen Meter zwanzig hoch. Parker war direkt hinter ihnen. Fest entschlossen, das Wettrennen zu gewinnen, ritt Christina Sterling auf das natürliche Hindernis zu. Die Stute sortierte die Beine, flog mit reichlich Luft dazwischen über den Baum und landete flüssig und sanft.

„Feines Mädchen!“, lobte Christina.

Auf dem breiten Weg nahm sie Sterling zu einem Arbeitsgalopp zurück und ritt ein paar Galoppsprünge vor Parker und Foxy auf eine Lichtung. Vor ihnen rauschte über eine Stufe im Flussbett ein kleiner Wasserfall. Ein paar große Steine an seinem Ende schickten dunstige Wolken in die Luft, wenn das Wasser auf sie traf. Sterling schlitterte zum Halt und schnaubte laut.

„Ganz ruhig, mein Mädchen“, sagte Christina und lobte die Stute. Sterling beruhigte sich, und Pferd und Reiterin blieben still stehen und bewunderten gemeinsam das funkelnde Spiel der Sonne auf dem tanzenden Wasser.

Parker hielt Foxy ein paar Schritte entfernt an. „Das hat Spaß gemacht“, sagte er.

„Ja“, stimmte Christina ihm zu. Sie grinste ihn an. „Und Gewinnen macht hungrig.“

Nachdem sie die Pferde am Fluss getränkt hatten, tauschten sie die Trensen gegen Halfter, die Parker in seinen Satteltaschen mitgebracht hatte. Sie ließen die Pferde grasen, und Parker packte das Picknick aus, das er vorbereitet hatte.

„Es lag an den Satteltaschen. Die haben mich langsamer

gemacht“, sagte er und setzte sich ins Gras. „Sonst hätten Foxy und ich euch überholt.“

„Das war meine Gewichtserlaubnis. Das bisschen Vorteil, das ich als Anfängerin im Rennsport habe!“ Lachend nahm sich Christina ein Sandwich.

„Die Gewichtserlaubnis müsste eigentlich ich haben. Du bist der Jockey.“

Schön wär's, dachte Christina traurig. Doch sie schob die düsteren Gedanken schnell beiseite, um den schönen Augenblick nicht zu verderben.

Sie rümpfte die Nase. „Du bist bloß ein schlechter Verlierer.“ Sie schraubte den Deckel ihrer Colaflasche auf und nahm einen Schluck. „Und du hast etwas vergessen.“ Sie stützte sich nach hinten auf die Ellbogen und schaute in die über sie hinwegziehenden Wolken. Es war ein schönes Gefühl, mit Parker herumzualbern. Sie hatten schon sehr, sehr lange nicht mehr so viel Spaß zusammen gehabt.

„Was denn?“ Parker legte den Kopf schief und zog die Augenbrauen hoch.

„Wo bleibt mein Preis?“

„Aber du hast geschummelt“, sagte Parker. „Niemand hat überhaupt ‚Los‘ gesagt. Ich finde, du solltest von deinem Preis zurücktreten.“

„Ich habe nicht geschummelt! Ich habe fair und ehrlich gewonnen.“

„Also gut“, antwortete er, „du bekommst deinen Preis, aber nur unter Protest, okay?“

„Okay.“

Parker beugte sich über sie und drückte seine Lippen auf ihre. Für einen Augenblick waren die einzigen Geräusche auf der Welt das sanfte Schnauben der Pferde und das Rauschen des Wasserfalls.

Dann setzte sich Parker zurück und biss in sein Sandwich. Geistesabwesend starrte er auf das sprudelnde Wasser. Christina runzelte die Stirn, als sie seine Miene sah. Gerade als sie gedacht hatte, zwischen ihnen sei alles wieder so wie früher, hatte Parkers Gesicht erneut diesen abwesenden Ausdruck angenommen.

Christinas Herz schlug langsamer. Sie holte tief Luft. „Ich merke doch, dass dich etwas bedrückt, Parker. Willst du mir nicht sagen, was es ist? Ist es wegen mir?"

Einige Sekunden starrte Parker mit glasigen Augen auf die Flasche in seiner Hand. Schließlich blickte er zu Christina auf und zwang sich zu einem Lächeln. „Ich habe ein großes Problem", sagte er. „Und es hat eine Menge mit uns zu tun."

Kapitel 6

Christina fühlte sich, als wäre sie von einer Herde galoppierender Pferde überrannt worden. Jetzt macht er mit mir Schluss, dachte sie. Sie atmete tief durch und versuchte, sich zu fassen. „Ich höre“, sagte sie.

„Ich habe viel über die Zukunft nachgedacht“, fing Parker an.

Christina hob einen Kiefernzapfen auf. Sie begann, ihn in der Hand zu drehen, und betrachtete eingehend die einzelnen schuppenartigen Bestandteile, aus denen sich der Zapfen zusammensetzte. Sie wollte nicht hören, was Parker als Nächstes zu sagen hatte, doch schweigend erwartete sie die gefürchteten Worte.

„Ich muss mich entscheiden, auf welches College ich gehe, und ich weiß nicht, was ich tun soll.“

Das ist das Problem?, dachte sie erleichtert. „Ich dachte, du gehst auf die Uni von Kentucky.“

„Ich weiß, das könnte ich, aber ...“

Christinas Erleichterung wurde im Keim erstickt, als sich Parkers Stimme verlor. „Aber was? Du hast immer gesagt, du willst hierbleiben, damit du Foxy weiter reiten und bei Sam trainieren kannst. Was ist mit den Olympischen Spielen?“

„Ich weiß.“ Parker klang aufgewühlt. „Aber mein Vater hat Beziehungen nach Italien.“

Christina starrte ihn mit offenem Mund an. „Italien?“ Ihr Herz wurde schwer wie Blei.

Parker nickte. „Dad will mich zu so einem International-Business-Kurs in Florenz schicken. Es ist eine Spitzenuni."

„Ein Wirtschaftsstudium? Das ist doch gar nicht dein Ding." Christina ließ den Kiefernzapfen fallen. Sie beobachtete, wie er ein Stück über den Boden rollte und dann an einem Stein liegen blieb.

„Ich weiß." Parker klang furchtbar gequält. „Aber je mehr mein Vater darüber redet, desto vernünftiger hört es sich an."

Was soll denn daran vernünftig sein?, dachte Christina. Es kostete sie Mühe, die Stimme ruhig zu halten. „Nach Italien zu gehen, ist eine große Entscheidung."

Parker stöhnte und raufte sich die Haare. „Wem sagst du das? Seit mein Vater davon angefangen hat, quäle ich mich damit herum."

Christina wollte den Zapfen packen und ihn gegen etwas werfen. So richtig fest. Parker überlegte doch nicht allen Ernstes, für vier Jahre nach Europa zu verschwinden, oder?

„Die Sache ist, mein Vater ist so anders, wenn er davon redet", erklärte Parker. „Als würde er sich zum ersten Mal richtig für mich interessieren und mir einfach andere Möglichkeiten aufzeigen wollen, statt mir immer nur seine eigenen Vorstellungen aufzuzwingen. Ich weiß einfach nicht, was ich machen soll – ich muss doch meiner Familie zuliebe wenigstens darüber nachdenken."

Christina kannte sich aus mit dieser Art familiären Drucks. Jahrelang hatte sie ein schlechtes Gewissen geplagt, weil sie sich nicht für den Rennsport interessierte. Das hatte sich schlagartig geändert, als Stern in ihr Leben getreten war.

„Das verstehe ich ja", sagte Christina. „Aber Italien?" Sie schüttelte den Kopf und seufzte. „Warum so weit weg?"

Wenn Parker vier Jahre in Italien verbrachte, würden sie sich unweigerlich auseinanderleben.

„Das hatte ich ja auch gar nicht geplant“, sagte er. „Alles, was mir etwas bedeutet, ist hier ...“

„Aber ...?“ Christina ließ das Wort in der Luft hängen und wartete darauf, dass er fortfuhr.

„Es würde mir unheimliche Vorteile bringen, wenn ich fertig bin. Ich würde fließend italienisch sprechen und könnte in der europäischen Wirtschaft arbeiten. Ich weiß auch nicht.“ Parker seufzte schwer. „Je näher der Schulabschluss rückt, desto mehr wird mir bewusst, wie wichtig eine gute Ausbildung ist.“

Parker hörte sich an wie das Echo seines Vaters. Ein ganzer Ozean würde ihn von ihr und Foxy und allem, was ihm vertraut war, trennen. Doch was wäre, wenn sie eine solche Chance bekäme? Parker würde nicht von ihr verlangen, sich gegen diese einmalige Gelegenheit zu entscheiden. „Es ist die Chance deines Lebens“, sagte sie matt. „Es wird bestimmt eine ganz tolle Erfahrung.“

Parker lächelte sie mit unübersehbarer Erleichterung an. „Ich hätte wissen müssen, dass du das so locker siehst.“ Er legte ihr den Arm um die Schultern und zog sie zu sich heran. „Und ich bin ja nicht für immer weg. Überleg nur mal, wie schnell die letzten vier Jahre vergangen sind. Genauso schnell werde ich wieder zu Hause sein.“

Christina wagte nicht, ihn anzusehen. Sie starrte zu Boden und nickte. „Wann gehen denn die Kurse an dieser italienischen Uni los?“

„Im Juli. Ich müsste gleich nach der Abschlussfeier abreisen.“

Christina hatte Mühe, den nächsten Atemzug zu tun. „So bald?“

„Ja, ich weiß. Komm, machen wir das Beste aus den paar Monaten, die uns noch bleiben, okay?" Parker warf einen Blick auf seine Uhr. „Wir sollten lieber zurückreiten." Er erhob sich und hielt ihr die Hand hin. Christina nahm sie und ließ sich auf die Füße ziehen. Sie ging los in Richtung Sterling, doch Parker hielt sie an der Schulter fest und drehte sie zu sich herum. „Danke für dein Verständnis, Chris." Er gab ihr einen flüchtigen Kuss, dann ließ er sie los.

Schweigend ritten sie heim. Christina war ganz in Gedanken verloren. Sterling gehörte nicht mehr ihr, Parker ging weit fort, und übernächstes Wochenende würde Stern wahrscheinlich sein Rennen verlieren und zurück nach Townsend Acres geschickt werden. Schlimmer konnte es nicht mehr kommen.

Als sie Whisperwood erreichten, sattelte Christina Sterling ab und führte sie in ihre Box.

„Du wirst es hier gut haben, mein Mädchen." Sie rieb die Stute mit einem sauberen, flauschigen Handtuch ab. „Sam wird sich ganz toll um dich kümmern." Sterling wölbte den Hals genussvoll gegen das Handtuch, und Christina unterdrückte ein Schluchzen. „Du wirst mir so fehlen", murmelte sie. Sie ließ das Handtuch fallen und umarmte Sterling. Für einen Augenblick war Christina versucht, zu Sam zu laufen und ihr zu sagen, sie habe einen Fehler gemacht und wolle Sterling doch wieder mit nach Whitebrook nehmen.

„Hattet ihr zwei einen schönen Ausritt?", unterbrach Sams Stimme ihre Gedanken. Die Reitlehrerin warf Sterling eine Scheibe Heu hin, und die Stute wich von Christinas Seite und begann hungrig zu fressen.

Christina nickte nur, denn sie wusste nicht, ob sie ihrer Stimme trauen konnte. Sie fuhr mit der Hand durch Sterlings Schweif und zog nicht vorhandene Knoten heraus.

„Ich gebe noch allen Heu“, sagte Sam. „Nimm dir so viel Zeit, wie du brauchst.“

„Ich bin fertig“, sagte Christina. Sie kämpfte mit den Tränen und ging zu Sterlings Kopf, zog ihr das Halfter aus und reichte es Sam. „Und du wirst brav sein, hm?“, wand sie sich an die Stute, um die Arme ein letztes Mal um deren Hals zu schlingen. „Ich komme dich besuchen, so oft ich kann.“

„Wir werden uns gut um sie kümmern, Chris“, versicherte Sam ihr. Sie trat aus der Box, um das Halfter an die Tür zu hängen.

„Das weiß ich.“ Christina drehte sich abrupt um und folgte Sam. Sie hatte Angst, sie würde nie ohne Sterling gehen, wenn sie sich noch einmal zu ihr umdrehte.

Draußen vor dem Stall stand Parker gegen die Tür seines Pick-ups gelehnt. „Bist du so weit?“, fragte er, als Christina herauskam.

Sie schüttelte den Kopf. „Danke, Parker, aber ich glaube, ich muss noch etwas allein sein. Ich gehe zu Fuß heim.“

„Bist du sicher?“, fragte er besorgt.

Christina lächelte tapfer. „Es geht mir gut, ehrlich. Wir sehen uns morgen in der Schule.“

Sie ging langsam den Weg entlang, den sie schon öfter mit Sterling geritten war, als sie zählen konnte. Jeder Schritt, den sie tat, war ein Schritt weg von Sterling, vom Vielseitigkeitsreiten, von Parker – von all den Dingen, die ihr so lange so viel bedeutet hatten. Die Schatten der Bäume wurden länger, und die Luft des frühen Abends war kühl. Für einen Augenblick wollte sie zurück zu Sam rennen, Sterling satteln und fortreiten. Stattdessen schlang sie die Arme um sich und wanderte weiter. Das schwindende Tageslicht passte zu ihrer trüben Stimmung.

Als sie den höchsten Punkt des Hangs erreichte, von wo aus man Whitebrook überblickte, machte Christina an ihrer Lieblingsstelle Halt und sah auf ihr Zuhause hinab. Aus der Ferne drangen die Geräusche des Hofes zu ihr herauf und begrüßten sie.

Die untergehende Sonne tauchte die Wiesen und Ställe in ein warmes, goldenes Licht. Auf den Koppeln grasten Pferde in allen möglichen Farben, Pfleger gingen hin und her und begannen, die Tiere für die Nacht in den Stall zu bringen. Christina ließ den Blick über die Weiden schweifen, bis sie entdeckte, wonach sie suchte.

Stern stand in der Mitte seiner Koppel, und die tief stehende Sonne verlieh seinem fuchsfarbenen Fell einen metallischen Glanz. Er hatte den Kopf erhoben und die Ohren in ihre Richtung gespitzt. Selbst aus dieser Entfernung erkannte Christina den majestätischen, wachen Ausdruck, der ihn von der Masse abhob – es war der Blick eines Siegers. Stern hob die Nase und schnupperte in die Luft. Dann stieß er ein kraftvolles Wiehern aus.

„Ich bin hier, Stern!“, rief sie. Sie ging los, den Hang hinab, gewann mit jedem Schritt an Tempo und rannte dem wartenden Vollblut entgegen.

Der Hengst empfing sie am Zaun, und Christina schlüpfte hindurch zu ihm auf die Koppel. „Es ist mir egal, was alle sagen“, erzählte sie Stern und streichelte seine weiche Nase. „Ich muss einfach eine Möglichkeit finden, dich in diesem Rennen zu reiten.“

Als sie den Hengst schließlich allein ließ, schlenderte sie zum Stall hinüber, wo Melanie dabei war, einen Arbeitssattel zu putzen. Neben ihr auf dem Boden stapelte sich das dreckige Sattelzeug. Ihre Cousine blickte auf und lächelte sie an. „Ah, du kommst genau richtig“, verkündete sie.

Christina zog sich einen zweiten Plastikstuhl in die letzten Sonnenstrahlen. „Du musst mir beim Üben mit der Startmaschine helfen.“ Sie übersah den Haufen Sattelzeug und blickte ihrer Cousine ernst in die Augen.

Melanie hob die Brauen. „Und deine Mutter? Sie klang nicht, als wollte sie bald einen neuen Prüftermin machen.“

„Ich muss ihr zeigen, dass ich es kann. Ich weiß, du kommst auch gut mit Stern klar, aber er wird bei dir nie so schnell sein wie bei mir.“

Melanie hob seufzend das nächste Lederteil auf. „Ich weiß“, sagte sie. „Ich tue ja alles, um dir zu helfen, aber wenn du die Prüfung nicht vor dem Rennen wiederholen kannst, nützt dir das auch nichts.“

„Das lass mal meine Sorge sein“, sagte Christina mit einer Bestimmtheit, die sie gern auch gefühlt hätte.

Am nächsten Morgen traf sie sich mit Melanie in der Dämmerung an der Trainingsbahn. Ihre Cousine hatte Rascal gesattelt und erwartete sie schon.

Melanie ließ Christina erst auf den Rücken des Hengstes aufsitzen, bevor sie sprach. „Fühlt sich komisch an, nicht?“

Christina rutschte auf der winzigen Sitzfläche herum. „Schwer, sich zu konzentrieren, wenn man auf einem Sattel von der Größe eines Spüllappens sitzt.“ Sie benutzte sonst Arbeitssättel, die ihr nach ihrem großen Vielseitigkeitssattel schon klein und gewöhnungsbedürftig vorkamen. Rennsättel waren noch kleiner. Als sie zum ersten Mal auf einem gesessen hatte, war sie völlig baff über dieses Stück Nichts zwischen sich und dem Pferd gewesen, und immer noch fühlte es sich komisch und unbequem an.

„Kaum zu fassen, dass man dieses Ding überhaupt als Sattel bezeichnet.“

Melanie lachte. „Na ja, du solltest dich langsam dran gewöhnen."

Christina schnitt eine Grimasse und rückte sich zurecht. „Wie soll sich das erst anfühlen, wenn ich auch noch eine Nylonhose anhabe?"

„Das macht keinen Unterschied", sagte Melanie. „Während des Rennens sitzt du sowieso nicht im Sattel, du hockst über ihm. Das ist ein weiterer Grund, warum wir nach der Schule noch in der Turnhalle trainieren gehen – du brauchst viel Kraft in Armen und Beinen und im Bauch, um die Hocke zu halten. So, dann komm, versuchen wir die Startmaschine."

Grinsend ritt Christina Rascal hinter Melanie her. Ihre Cousine konnte ein richtiger Sklaventreiber sein, wenn sie wollte.

Ihr erster Versuch geriet sogar noch schlechter als in der Prüfung. Der kleine Sattel fühlte sich an wie eingeölt, und Christinas Knie rutschten unkontrolliert hin und her.

„Halt dich fest! Versuch es noch mal!"

Christina stöhnte, als Melanie sie zurückrief. „Ich kriege das nie hin!" Sie hatte immer noch nicht das Gleichgewicht gefunden und versuchte, sich im Sattel zurechtzusetzen.

„Natürlich kriegst du das hin", versicherte Melanie ihr, während sie Rascal in die Startbox leitete. „Du denkst die ganze Zeit an den Sattel und an deine Knie und daran, wie kurz deine Steigbügel sind und wie weit vorn dein Oberkörper ist und ob du die Hände zu tief oder zu hoch hältst, stimmt's?"

Christina errötete. „Ja", gestand sie.

„Denk nicht so viel", befahl Melanie ihr. „Okay. Noch ein Mal, dann müssen wir uns für die Schule fertig machen."

Diesmal versuchte Christina, den Kopf freizubekommen,

während sie darauf wartete, dass Melanie den Hebel zum Öffnen der Startmaschine betätigte. Es war anstrengend, sich in der Hocke über dem Sattel zu halten, doch Christina ignorierte das Zittern in ihren Beinen. Ruhig und tief atmete sie den Duft von Leder und Pferd und frisch gemähtem Gras.

Peng!, flogen die Klappen auf, und Rascal sprang nach vorn. Christina drückte die Hände an seinen Hals, bis sie den schaukelnden Rhythmus seines Galopps spürte, der durch die Zügel pulsierte, und ging mit dem ganzen Körper mit. Sie brausten in den Bogen, und der Wind trieb ihr die Tränen in die Augen. Christinas Herz lief über vor Erleichterung – sie hatte es geschafft!

Kapitel 7

„Du bist noch nicht so weit, Chris", sagte Aileen bestimmt. Sie stand an der Whitebrook-Bahn, die sonnengebräunten Arme auf das Rail gestützt.

Es war später Montagmorgen, der erste Tag der Frühjahrsferien, und Christina war Rascal gerade zum zehnten Mal innerhalb der letzten vier Tage aus der Startmaschine geritten – zum zehnten fehlerfreien Mal. Christina war sicher, dass sie den Dreh jetzt raushatte, und wollte ihrer Mutter beweisen, dass sie für eine erneute Prüfung bereit war. Ungläubig starrte sie vom Rücken des Rapphengstes auf ihre Mutter hinab.

„Was kann dich denn überzeugen?", wollte sie wissen. „Es klappt doch alles, ich habe mein Pferd im Griff, und ich benutze sogar einen Rennsattel. Ich bin so weit, Mom – das weiß ich."

„Nicht, wenn du mich fragst, Chris." Ihre Mutter legte die Hand auf Christinas Knie und drückte es leicht. „Wir sind das wohl alles etwas zu schnell angegangen mit dir. Du warst überfordert. Wenn Tommy und Vicky beim letzten Mal nicht so schnell reagiert hätten, hätte dir ernsthaft etwas zustoßen können. Und in einem Rennen werden nicht allzu viele Jockeys auf dich aufpassen." Sie seufzte. „Rennen ist kein Mannschaftssport."

„Das weiß ich! Damit komme ich klar", beharrte Christina.

Doch Aileen schüttelte den Kopf. „Ich will Stern genauso gern gewinnen sehen wie du, aber ich werde dafür nicht dein Leben oder deine Gesundheit aufs Spiel setzen."

Christina wollte schreien vor Enttäuschung, doch sie wusste, dass ihre Mutter sich entschieden hatte.

„Ich bringe Melanie und Stern heute Nachmittag nach Louisville", sagte Aileen. „Sie wird ihn die ganze Woche in der Arbeit reiten, um ihn auf das anstehende Rennen vorzubereiten."

„Wie lange bist du weg?", fragte Christina.

„Ich werde ein paar Tage bleiben und Stern beobachten. Wahrscheinlich komme ich am Mittwoch zurück."

Ein Funken Hoffnung keimte in Christina auf. Zwei Tage ließen ihr nicht viel Zeit, aber konnte sie nicht eine Möglichkeit finden, ihre Prüfung selbst zu organisieren? Wenn ich meine Lizenz habe, müssen sie mich reiten lassen. Ich bin Sterns einzige Hoffnung, sagte sie sich immer wieder.

Sie ritt Rascal von der Bahn und brachte ihn auf die Weide. Dann wanderte sie wieder hoch zum Haus, wo sie Melanie in ihrem Zimmer fand.

Sie setzte sich auf Melanies Bettkante und sah ihrer Cousine beim Packen zu. Melanie steckte mehrere Paar Socken in ihren Koffer.

„Mir wäre auch lieber, du würdest fahren und nicht ich", sagte Melanie, während sie ein T-Shirt zusammenlegte.

„Ich weiß", erwiderte Christina. „Pass nur gut auf meinen verwöhnten Schatz auf, ja?"

Melanie nickte. „Natürlich. Und Dani kommt ja auch mit. Wir sorgen schon dafür, dass er weiß, wie wichtig er ist."

Christina folgte Melanie hinaus zum Pferdetransporter und half ihr, ihre Taschen im Sattel- und Gepäckbereich hinter dem Fahrerhaus zu verstauen. Im Inneren trat Stern hin und her und wieherte.

„Ist ja gut, Stern", rief Christina. „Ich komme bald zu dir."

Aileen, die an der Fahrertür stand, legte mitfühlend die Stirn in Falten. „Es ist noch nicht vorbei, Chris. Stern hat immer noch eine Chance, zu gewinnen."

Christina war sich ihrer sorgenvollen Miene gar nicht bewusst gewesen. „Ich weiß, Mom", sagte sie und rang sich ein Lächeln ab. „Mel ist ein guter Jockey."

„Dann lass uns mal fahren, Melanie", sagte Aileen und rutschte hinter das Lenkrad.

Christina sah ihrer Mutter und Melanie hinterher, bis der Transporter die Zufahrt hinabgerollt und außer Sicht war, bevor sie zurück zum Haus ging.

Sie lief sofort zum Telefon, um keine Zeit zu verschwenden und gleich anzufangen, ihre Prüfung in die Wege zu leiten. Doch gerade als sie den Hörer aufnahm, betrat Mike die Küche. Christina hängte wieder ein und blickte zu ihrem Vater auf.

„Was hältst du davon, wenn ich uns heute Abend mal etwas Besonderes koche?", fragte er. „Du darfst dir etwas wünschen."

Christina stöhnte innerlich, zwang aber ein Lächeln auf ihr Gesicht: „Lieb von dir, Dad", sagte sie. „Aber mach doch einfach, wozu du am meisten Lust hast. Ich bin mit allem einverstanden."

„Ich weiß, du bist enttäuscht, wie das alles gelaufen ist", sagte er. „Das verstehe ich gut. Du hast es im Moment nicht leicht."

„Es geht mir gut, Dad", sagte sie schnell. „Wirklich. Alles okay." Sie umarmte ihn flüchtig und eilte nach draußen zum Stall.

Ian saß im Büro ihrer Eltern, den Kopf über den Schreibtisch gebeugt. Der Trainer blickte auf, als sie in der Tür stehen blieb.

„Gehst du eigentlich nie nach Hause?“, fragte sie ihn. Wie sollte sie die nötigen Anrufe machen, wenn sie nirgendwo allein sein konnte?

Ian lächelte. „Du hörst dich an wie Beth“, erwiderte er.

„Du arbeitest zu viel“, sagte Christina.

Ian nickte. „Beth sagt immer, sie bringt mir irgendwann ein Feldbett und einen Schlafsack in den Stall, damit ich hier einziehen kann.“ Er lehnte sich in seinem Stuhl zurück und streckte die Arme. „Ich bin noch etwa eine Stunde hier. Hab noch einigen Papierkram zu erledigen, der morgen mit der Post raus muss. Ich schiebe das schon eine Weile vor mir her, und wenn ich es heute Abend nicht mache, ist es zu spät.“

Christina sah die *Daily Racing Form* auf dem Schreibtisch liegen. „Kann ich mir die ausleihen?“, fragte sie.

„Klar“, antwortete Ian und reichte sie ihr.

Christina nahm die Rennzeitung mit nach draußen zu Sterns leerer Koppel. Sie setzte sich auf den Zaun und studierte die angekündigten Rennen, um herauszufinden, wo sie sich prüfen lassen konnte.

Im Nu rief ihr Vater sie schon zum Essen. Nachdem sie gegessen hatten, bestand er darauf, mit ihr Karten zu spielen. „Ist das nicht schön?“, fragte Mike glücklich, als er die Karten zum zweiten Mal mischte. „Mal nur wir zwei? Dafür haben wir sonst nie Zeit.“

Christina biss die Zähne zusammen und bemühte sich, ruhig zu bleiben. Endlich machte sich ihr Vater auf den Weg zum Stall, um vor der Nacht noch einmal nach den Pferden zu sehen, und sie huschte ins Arbeitszimmer ihrer Eltern. Sie setzte sich in den großen, ledernen Schreibtischsessel ihrer Mutter und durchsuchte die Telefonkartei nach Vicky Frontiere.

Als sie mit Vicky und Tom gesprochen hatte, wählte sie Parkers Nummer. Sie wartete, während das Hausmädchen der Townsends ihn suchte.

„Christina?“, meldete sich Parker. „Wie geht es dir?“, fragte er teilnahmsvoll.

„Wunderbar!“, antwortete Christina aufgeregt. „Aber ich muss dich um einen Gefallen bitten.“

Mit sich überschlagender Stimme erzählte sie ihm, wie sie es arrangiert hatte, sich am Mittwoch mit Vicky und Tom auf der Keeneland-Rennbahn prüfen zu lassen. „Der Termin steht, und ich habe so hart trainiert – ich muss einfach bestehen. Es gibt nur ein Problem. Ich kann keinen unserer Transporter nehmen, sonst merkt mein Vater was. Also – kannst du uns fahren?“

Als Christina ihre Rede beendet hatte, herrschte am anderen Ende der Leitung nervenaufreibendes Schweigen.

„Parker, bist du noch da?“

„Ich bin noch da“, sagte er. „Ich versuche nur, das Ganze zu kapieren. Sag mir noch mal genau, was du von mir willst.“

„Du musst mich am Mittwoch nach Keeneland fahren.“

„Nein“, widersprach Parker. „Du hast nicht gesagt, ich soll dich nach Keeneland fahren. Du hast gesagt, du brauchst mich, um ein Pferd dorthin zu bringen.“

„Das ist so ziemlich dasselbe“, sagte sie schnell.

„Das ist ganz und gar nicht dasselbe! Bist du verrückt, Chris?“

„Kann sein“, antwortete sie ernst. Doch solange es nur die geringste Chance gab, Stern am Sonntag doch noch zu reiten, durfte sie sie sich nicht entgehen lassen.

„Ich schaffe das nicht ohne dich, Parker.“ Christinas Verzweiflung wuchs mit jeder Sekunde, die das Schweigen am anderen Ende länger dauerte. Sie unternahm einen letzten Versuch, ihn umzustimmen. „Es wird schlimm genug für mich, wenn du weg bist“, sagte sie. „Nimm mir nicht noch meine allerletzte Chance, Stern zu behalten. Du musst mir helfen, Parker. Ich brauche dich.“

„Deine Eltern bringen dich um. Und mich auch.“

„Bitte, Parker“, flehte Christina.

„Und du bist dir absolut sicher, dass du das durchziehen willst?“, fragte Parker, nun mit weicherer Stimme.

Der Ton war Musik in ihren Ohren. Sie wusste, dass er nachgeben würde. „So sicher, wie ich mir noch nie wegen etwas war.“

„Mir passt das Ganze überhaupt nicht“, sagte er schließlich. „Aber du weißt ja, dass ich dir nichts abschlagen kann. Natürlich helfe ich dir.“

Kapitel 8

Am Mittwochmorgen war Christina lang vor Morgengrauen auf. Eilig lief sie zum Stall hinunter, um Sassy herauszuholen und vom Hof zu schaffen, bevor ihr Vater sie aufhalten konnte.

Als sie die Stute gerade aus dem Stall führte, kam Joe auf sie zu. „Wo willst du mit Sassy hin?“ Der Pfleger musterte Christina argwöhnisch.

Sie holte tief Luft und erklärte ihm dann schnell, was sie vorhatte. „Bitte, sag niemandem was“, flehte sie ihn an.

Joe sah unschlüssig aus. „Ich weiß, wie wichtig dir diese Lizenz ist, aber hältst du das wirklich für eine gute Idee?“

„Mir bleibt doch nichts anderes übrig“, entgegnete Christina verzweifelt.

„Na dann, viel Glück“, sagte Joe und ging zurück in den Stall, um die Morgenfütterung fortzusetzen.

Christina führte Sassy zur Straße hinunter. Sie gingen weiter bis zu einer Stelle, an der sich der grasbewachsene Seitenstreifen verbreiterte, und warteten dort. Jedes Mal, wenn die Scheinwerferkegel eines Autos die morgendliche Dunkelheit zerschnitten, erwartete sie starr vor Schreck, dass jemand anhielt und sie fragte, was sie dort mache. Doch nichts dergleichen geschah, und dann hielt endlich Parker mit seinem Pferdeanhänger im Schlepptau.

„Das ist verrückt, was wir hier machen.“ Er ließ die Rampe des Hängers herunter, damit Christina Sassy hineinführen konnte.

„Danke, dass du mich daran erinnerst“, bemerkte Christina gereizt. Sie kletterte auf den Beifahrersitz. „Lass uns einfach fahren, okay?“

Den ganzen Weg nach Keeneland über ließ Christina den Außenspiegel an der Beifahrerseite nicht aus den Augen, als rechne sie jeden Moment damit, das Blaulicht eines Polizeiautos hinter ihnen aufblitzen zu sehen.

Ihre Eltern würden ihr die Hölle heißmachen, wenn sie hiervon erfuhren, doch Christina war Sterns einzige Chance. Sie tat das Richtige – davon war sie überzeugt.

„Wir sind da“, sagte Parker schließlich, als er den Pick-up am Tor zu den Stallbereichen der Keeneland-Rennbahn anhielt.

Christina saß starr auf ihrem Sitz, die Hände zwischen die Knie geklemmt. Wenn Joe ihrem Vater etwas gesagt hatte, dann hätte er bereits auf der Rennbahn angerufen und der Posten am Eingang würde sie aufhalten.

Doch der grauhaarige Mann warf nur einen Blick auf den Ausweis, der im Fenster des Pick-up baumelte, sah kurz in den Hänger und winkte sie durch. „Ein gutes Training“, wünschte er ihnen und kehrte in seine Kabine zurück.

„Werden wir haben“, sagte Parker und fuhr auf das Gelände. Er parkte hinter den Ställen und stellte den Motor ab. „Bist du nervös?“, fragte er.

„Nicht mehr“, antwortete Christina. „Ich habe das Starten jetzt so oft geübt, ich könnte es im Schlaf.“

„Dann ist es jetzt wohl so weit“, sagte er und öffnete seine Tür.

Christina nickte. „Auf geht’s.“

Sie sprang aus dem Pick-up, ging hinter den Hänger und öffnete die Riegel, um die Rampe herunterzulassen.

Nach ein paar Minuten führten sie Sassy über das Rennbahngelände. „Die Boxen von Townsend Acres sind gleich da drüben“, sagte Parker. „Wir haben gerade keine Pferde hier stehen, also können wir sie dort satteln.“

Es wurde hell, als sie zwischen den Ställen hindurchgingen. Parker und Christina führten die Stute mitten durch das Getümmel aus Trainern, Pflegern, Reitern und Pferden und erreichten die Townsend-Acres-Boxen, ohne dass jemand besondere Notiz von ihnen nahm.

So weit, so gut, sagte Christina zu sich.

Schnell streiften sie Sassys Transportgamaschen ab, trensten und sattelten sie und führten sie zur Bahn. Christinas Herz schlug mit jedem Schritt schneller. Die Stute warf den Kopf hoch und schnupperte in die Luft. „Ich glaube, sie ist genau so aufgeregt wie ich“, bemerkte Christina. Sie streichelte Sassys dunkle Schulter. „Und sie freut sich auch auf den Galopp.“

Als sie den Bahneingang erreichten, zögerte Christina und suchte im Schwarm der Arbeitsreiter, Pferde und Trainer nach einem vertrauten Gesicht. Die aufgehende Sonne begann, die Luft zu erwärmen, und der leichte Nebel, der über dem Boden hing, löste sich langsam auf. Ein Schimmel mit einer Reiterin, deren blonder geflochtener Zopf unter ihrem Helm hinter ihr herflatterte, galoppierte vorbei.

Auf einer Bank saß ein Trainer, die Stoppuhr in der Hand, die Augen auf das galoppierende Pferd geheftet.

Parker warf Christina in den Sattel und griff dann hinauf, um ihr Knie zu drücken. „Viel Glück, Chris“, sagte er. „Du schaffst das.“

„Danke, Parker“, antwortete Christina. Sie nahm die Zügel auf und lenkte Sassy zum Eingang auf das Geläuf.

Ein aufgeregtes Prickeln lief Christina den Rücken runter. Er hatte etwas ganz Besonderes, dieser frühmorgendliche Betrieb auf der Rennbahn.

Es war spannend, als Zuschauer die Rennen zu verfolgen, doch so richtig dazuzugehören, ein Teil der Rennbahn-Familie zu sein, das war ein Erlebnis, das dem normalen Publikum in der Regel verwehrt blieb.

Ein brauner Hengst trabte vorüber. Die Reiterin auf seinem Rücken sah locker und selbstsicher aus. Sie wendete ihr Pferd und brachte es neben Sassy zum Stehen.

„Alles klar?“

Christina blickte auf in Vickys Gesicht und seufzte erleichtert.

„Ja. Alles klar“, antwortete sie und machte ihren Helm zu.

„Gut. Tommy wärmt sein Pferd gerade auf.“

Christina schnitt eine Grimasse. „Keine Angst. Das ist das letzte Mal, dass ich euch hierum bitte. Ich schwöre es.“

„Hoffentlich. Um deinetwillen“, sagte Vicky lachend. „Wärm deine Stute auf, dann machen wir deine Prüfung.“

Bevor Christina antrabte, drehte sie sich um und winkte Parker zu, der immer noch am Rail stand. Er hob die Hand und winkte zurück.

Christina trieb Sassy in den Trab und dann in einen lockeren Arbeitsgalopp um die Bahn herum. Sassy fühlte sich wach und gleichzeitig entspannt an und reagierte auf die kleinsten Hilfen. Christina nahm die Stute zum Trab zurück und ritt zu der Geraden hinüber, wo die Startmaschine aufgebaut war.

Als sie näher kamen, schlug Christinas Herz schneller. Jetzt oder nie, dachte sie. Dies war ihre letzte Chance, rechtzeitig ihre Lizenz zu bekommen, um Stern zu reiten. Sie musste alles richtig machen – für Fehler war kein Platz.

Vicky und Tom warteten auf ihren Pferden in der Nähe der Startmaschine. Tom winkte Christina zu. „Doppelt hält besser, hm?“

Christina nickte zuversichtlich. „Keine Sorge, diesmal klappt es.“

„Dann bringen wir es mal hinter uns“, sagte Vicky und ritt ihr Pferd in die Startmaschine.

Der Starter stand an der Seite bereit, während Christina Sassy in den Stand ritt. Als die Klappen hinter ihr zuknallten, schnaubte Sassy und scharrte ungeduldig mit dem Huf. Links und rechts von ihr machten sich die beiden Jockeys auf ihren Positionen bereit. Christina warf einen Blick zu Vicky, die ihr kurz den erhobenen Daumen zeigte.

„Viel Glück“, sagte Vicky.

„Denk dran, immer nach vorn gucken“, erinnerte Tom sie von der anderen Seite.

Christina nickte und zog sich die Schutzbrille über die Augen. Dann kauerte sie sich über den Hals der Stute und machte sich auf den Moment gefasst, in dem die Türen auffliegen würden. Sie nahm einen tiefen, beruhigenden Atemzug. Denk nicht so viel, erinnerte sie sich. Reit einfach.

Dann ertönte ein lauter Knall. Im selben Augenblick sprang Sassy mit einem Satz aus der Startmaschine und riss die Zügel nach vorn. Für den Bruchteil einer Sekunde dachte Christina, die Stute würde sich ihr entziehen und davonrennen, doch es gelang ihr, Sassy auf einer geraden Linie zu halten. Sie war sich der beiden Reiter links und rechts von ihr bewusst, doch sie konzentrierte sich ganz auf das Blickfeld zwischen Sassys Ohren hindurch. Ihre Arme fuhren wie Motorkolben im Takt des Galopps vor und zurück, während ihr Oberkörper tief und ruhig blieb und exakt den Bewegungen des Pferdes folgte. Es fühlte sich so fantastisch an, dass Christina wusste, dass sie ihre Sache gut gemacht hatte.

„Gutes Tempo!“, rief Tommy dicht hinter ihnen.

Sie galoppierten weiter in den Bogen hinein, und Sassy wurde schneller. Christina schaute kurz unter ihrem Arm hindurch, um nach Toms und Vickys Pferden Ausschau zu halten. Sie lagen mindestens zwei Längen zurück, und Sassy vergrößerte den Abstand mit jedem Galoppsprung. Die Stute wollte rennen, doch die Prüfung war vorbei. Widerstrebend lehnte sich Christina nach hinten und gab Paraden, um Sassy zu bremsen. Bald lagen sie Seite an Seite mit Tom und Vicky, und Christina strahlte vor Glück zwischen den beiden lächelnden Jockeys.

„Schöner Ritt“, gratulierte Vicky ihr und zog die Schutzbrille auf ihren Helm hoch. „Ich habe nichts zu bemängeln.“

„Und sie hat uns geschlagen!“, bemerkte Tom lachend.

„Habe ich bestanden?“, fragte Christina atemlos.

Vicky lächelte. „Das letzte Wort hat immer noch die Rennleitung, Chris. Sie sind die Richter und bekanntermaßen sehr streng. Niemand macht es Anfängern leicht.“

„Aber so wie du gerade geritten bist, hat man auf jeden Fall gesehen, wie hart du trainiert hast. Alle Achtung!“, fügte Tom hinzu.

„Und das war alles?“, fragte Christina ungläubig. „Das war schon die ganze Prüfung?“

„Ich bin in einer Minute bei dir, warte doch kurz beim Eingang“, sagte Vicky. „Wir müssen mit dem Starter reden. Was uns angeht, hast du alles richtig gemacht, aber das ist nur unser Urteil.“

Die beiden Jockeys trabten zur Startmaschine zurück. Christina folgte ihnen ein Stück im Schritt und hielt dann an der Stelle, wo Parker am Rail wartete.

„Du sahst toll aus!“, sagte er und nahm die Zügel.

Christina glitt von Sassys Rücken und warf nervöse Blicke zum offiziellen Starter hinüber, einem grauhaarigen Mann in Leinenanzug und Fliege. Er sprach mit Vicky und Tom, gestikulierte in Christinas Richtung und dann wieder zur Startmaschine. Dann überreichte er Tom ein Klemmbrett und einen Stift.

„Warum brauchen die so lang?“, jammerte Christina und kaute an ihren Nägeln.

„Ich weiß es nicht, aber mach dir keine Sorgen.“ Parker lockerte Sassys Sattelgurt. „Ich bringe Sassy solange schon mal in die Box“, sagte er. Parker führte die Stute fort, während Christina am Rail stehen blieb und die drei an der Startmaschine im Stillen anflehte, sich zu beeilen und ihr zur bestandenen Prüfung zu gratulieren.

Endlich nickte Vicky dem Starter zu, wendete ihr Pferd und trabte zu Christina herüber. „Das war's“, verkündete sie.

„Das war's?“ Christina starrte zu der Reiterin hoch. „Was heißt: ‚Das war's‘?“

„Wir sind übereinstimmend der Meinung, dass du gut genug warst, um zugelassen zu werden.“ Vicky beugte sich herab und hielt ihr ein Blatt Papier hin. „Damit musst du zur Rennleitung gehen, um es von denen absegnen zu lassen.“

Christina überflog das kurze Schreiben. Es legte dar, dass sie sauber aus der Startbox geritten sei, dass sie ihr Pferd beherrsche und dass sie nach Auffassung der Unterzeichnenden den Anforderungen eines Rennens unter realen Bedingungen gewachsen sei. Das Schreiben war unterzeichnet von Tommy, Vicky und dem Starter.

Sie drückte das Papier fest gegen ihre Brust und strahlte die Reiterin an. „Danke“, sagte sie atemlos. „Vielen, vielen Dank.“

Vicky schüttelte den Kopf. „Bedank dich nicht zu früh", sagte sie. „Die Rennleitung kann ganz schön streng sein. Mit gutem Grund – Rennreiten ist ein gefährlicher Sport. Auch wenn wir unsere Zustimmung gegeben haben, heißt das noch nicht, dass du deine Lizenz bekommst."

Christinas kurze Freude verpuffte. „Du meinst, sie können mich immer noch ablehnen?"

Vicky zuckte die Schultern. „Es ist ihre Entscheidung, Chris. Du warst wirklich gut, aber die Rennleitung kann hart sein."

Christina rang sich ein Lächeln ab. „Drück mir die Daumen", sagte sie. „Noch mal Danke, Vicky. Und sag auch Tom Danke."

„Ich bin froh, dass ich helfen konnte. Es ist gar nicht so lange her, da waren deine Mutter und ich auch noch Stifte."

Als Vicky fortritt, kehrte Parker zurück. „Sassy ist gut versorgt", sagte er. „Sie hat Wasser und das allerbeste Townsend-Heu."

„Danke, Parker." Christina sah hinab auf den kostbaren Brief in ihrer Hand. „Guck mal, ich habe die Zustimmung", sagte sie. „Von den Jockeys jedenfalls."

„Toll!", sagte Parker und grinste glücklich. „Du hast wirklich hart dafür gearbeitet, Chris. Herzlichen Glückwunsch." Er öffnete die Arme, um sie zu drücken.

„Warte damit lieber noch", warnte Christina ihn. „Ich muss noch ins Büro zur Rennleitung. Vicky hat gesagt, sie können ziemlich hart sein."

Im Büro forderte eine dünne Frau mit spitzen Lippen und zu viel blauem Lidschatten sie auf, Platz zu nehmen, bis die Rennleitung Christina empfangen könne.

Doch nach fast einer Stunde hatte sie immer noch niemand aufgerufen. Die Zeiger der Uhr an der Wand gegenüber bewegten sich in Zeitlupe, und Christinas Geduld war fast erschöpft. Das einzige Geräusch im Büro war das leise Klappern der Tastatur unter den Fingern der Sekretärin.

Christina starrte auf die verschlossene Tür, die ins Besprechungszimmer der Rennleitung führte. „Was machen die?", raunte sie Parker zu. Die Sekretärin hob den Kopf und warf ihr einen scharfen Blick zu. Christina sah in ihren Schoß hinab und unterdrückte ein Kichern. „Ich komme mir vor, als wäre ich ins Büro des Direktors zitiert worden", murmelte sie. „Ich werde noch verrückt!"

„Locker bleiben, Chris", flüsterte Parker. „Du bist gut geritten. Du bekommst deine Lizenz."

Endlich öffnete sich die Tür, und ein grauhaariger Mann nickte ihr zu. „Miss Reese? Kommen Sie bitte herein."

Christina sprang auf und eilte in das Zimmer, doch da wäre sie am liebsten im Türrahmen stehen geblieben. Der große, hohe Raum war dunkel und einschüchternd. An den Wänden hingen wuchtige Ölportraits von historischen Personen aus dem Galoppsport.

„Setzen Sie sich." Der grauhaarige Mann, der ihr die Tür geöffnet hatte, wies mit einer Handbewegung zu einem Stuhl mit hoher, gerader Lehne, der vor einem großen Konferenztisch stand. Der dicke Teppich dämpfte ihre Schritte beim Durchqueren des Zimmers. Der Mann ging um den Tisch herum und nahm neben zwei weiteren Männern mittleren Alters Platz. Alle drei trugen Anzüge, und Christina kam sich in ihrer dreckigen Reithose und dem alten Sweatshirt schrecklich schlecht angezogen vor. Sie warf einen Blick auf ihre Stiefel, doch ihre Befürchtung, einen dicken Klumpen Mist an ihnen kleben zu sehen, bestätigte sich glücklicherweise nicht.

„Miss Reese." Beim Klang der Stimme setzte sie sich kerzengerade auf und blickte über den Tisch in die drei ernsten Gesichter. Sie fühlte sich klein und unbedeutend.

„Wir haben Ihren Antrag auf eine Jockeylizenz besprochen."

Der Mann legte eine Pause ein, und Christina ergriff die Stuhllehnen, damit ihre Hände nicht zitterten.

„Sie sind sehr jung für diese Arbeit", fuhr er fort. „Ist Ihnen bewusst, was für eine schwierige und gefährliche Tätigkeit das Rennreiten ist?"

Christina fiel die Kinnlade runter. Sie starrte die drei Männer ungläubig an. „Ja", sagte sie dann zögernd. „Ich bin auf einem Vollblutgestüt aufgewachsen. Und ich weiß, was Jockeys alles mitmachen."

Sie unterbrach sich, blickte gerade über den großen Tisch und wartete auf eine Antwort.

„Sie scheinen sehr entschlossen zu sein", bemerkte der Mann. „Sind Sie absolut sicher, dass Sie schon so weit sind?"

„Ja", sagte Christina aus tiefster Überzeugung. „Absolut."

„In dem Fall", sagte er, „sind wir zu einer Entscheidung gekommen."

Sie hielt die Luft an und wartete.

„Sie sind hiermit unter Vorbehalt als Rennreiterin zugelassen."

Zugelassen. Sie hatte die Zulassung! Christina atmete aus, Freude und Erleichterung stiegen ihr in den Kopf.

„Danke", stieß sie hervor und sprang von ihrem Stuhl auf.

Der Mann runzelte streng die Stirn, und sie setzte sich schnell wieder hin. „Ich möchte Sie darauf hinweisen, dass die Reiterlaubnis unter Vorbehalt erteilt wird – wenn Ihre Leistungen im Rennen nicht unseren Erwartungen entsprechen, werden wir Ihre Lizenz widerrufen. Wir werden Ihre ersten beiden Rennen kritisch begutachten.“

Christina nickte. „Ja, Sir“, sagte sie. „Aber seien Sie unbesorgt.“

Dann fiel ihr auf, dass sie ein anderes Problem hatte. „Sir?“ Sie biss sich auf die Unterlippe und wartete darauf, sprechen zu dürfen.

„Ja, Miss Reese.“

„Was passiert, wenn mein erstes Rennen auf einer anderen Rennbahn stattfindet?“

Die Mitglieder der Rennleitung wechselten Blicke. „In dem Fall“, sagte der Grauhaarige, „müssen Sie sich bei den Offiziellen der betreffenden Rennbahn melden und sich eine schriftliche Beurteilung geben lassen.“

„Danke!“, rief Christina.

Als sie den Raum verließ, schlüpfte die Sekretärin mit dem verkniffenen Mund an ihr vorbei hinein. Christina drehte sich zu Parker um, der sich sofort erhob, und warf sich mit einem Jubelschrei in seine Arme.

„Ich nehme an, es ist gut gelaufen“, sagte er milde.

„Ja! Parker, ich bin Jockey!“ Sie fasste seine Hand und zog ihn zur Tür. Sie konnte es kaum erwarten, ihren Eltern die großartige Neuigkeit zu erzählen.

„Miss Reese?“, rief die Sekretärin sie zurück.

Christina wandte sich um. „Ja?“

„Vergessen Sie Ihr Zeugnis nicht.“ Sie hielt ihr einen großen Umschlag hin. „Es ist alles unterschrieben und gestempelt.“

Christina nahm die Bescheinigung entgegen und lächelte die Frau erleichtert an. „Danke.“

Die Sekretärin lächelte zurück. „Viel Glück."

Als sie das Gebäude verließen, hatte Christina das Gefühl, jetzt könnte sich doch noch alles zum Guten wenden.

Von ihrem Erfolg ermutigt, wandte sie sich an Parker. „Ich kann Sterns Rennen kaum erwarten. Wir werden gewinnen, Parker – das müssen wir einfach!"

„Ja, das will ich euch auch dringend geraten haben. Das ist vielleicht das einzige Rennen, in dem ich euch beide zusammen sehen kann. Zumindest für die nächsten vier Jahre", sagte Parker mit einem offensichtlich wehmütigen Lächeln.

Christinas Stimmung verdunkelte sich. „Dann hast du dich also entschieden? Du gehst weg?", fragte sie. Sie konnte immer noch nicht glauben, dass Parker alles, was ihm etwas bedeutete, zurücklassen würde, nur weil sein Vater ihn in Italien aufs College schicken wollte.

Seufzend ging Parker weiter. „Ich habe mich noch nicht endgültig entschieden", sagte er. „Ich denke immer noch darüber nach."

„Oh", sagte Christina. „Tut mir leid, ich wollte dich wirklich nicht drängen. Ich habe mich einfach nur gefragt, was jetzt ist."

„Das ist eine große Sache für mich, weißt du?"

Doch Christina wurde das Gefühl nicht los, dass sich Parker in Wirklichkeit längst entschieden hatte. Sie beschleunigte ihre Schritte und eilte zu den Townsend-Acres-Boxen, wo Sassy darauf wartete, nach Hause gebracht zu werden.

Sie holten Sassy heraus, streuten die Box neu ein und schrubbten den Wassereimer, bevor sie die Stute zu Parkers Hänger führten.

Als Sassy fertig bandagiert und verladen war, traten sie

die Rückfahrt nach Whitebrook an. Christina schwieg und wälzte die Gedanken in ihrem Kopf herum. Sie hatte jetzt ihre Jockeylizenz. Sie war Rennreiterin. Doch das war nur der erste Schritt. Wie würden ihre Eltern reagieren, wenn sie erfuhren, dass sie die Prüfung hinter ihrem Rücken gemacht hatte?

Kapitel 9

Parker hielt vor dem Stall an. Er wandte sich zu Christina um, ein angespanntes Lächeln auf den Lippen. „Da wären wir also. Jetzt musst du es nur noch deinen Eltern beibringen."

Sie zuckte die Achseln. „Ich kann nur hoffen, sie freuen sich so über meine Lizenz, dass sie sich keine allzu schlimme Strafe ausdenken."

„Wie zum Beispiel die Wassereimer mit der Zahnbürste schrubben?"

Christina schnitt eine Grimasse. „Damit könnte ich sogar leben. Ich dachte eher an etwas in Richtung Reitverbot für alle Zeiten." Sie öffnete die Beifahrertür. „Jedenfalls können sie mir nicht allzu lange böse sein. Schon gar nicht jetzt." Sie hielt ihr Zeugnis hoch und grinste.

Während Christina Sassy aus dem Hänger holte, öffnete Parker den Sattel- und Gepäckraum und begann, ihre Ausrüstung auszuladen.

Joc trat aus dem Stall, als Christina die Stute zur Tür führte. „Ich nehme sie dir ab", sagte der Pfleger. „Du willst jetzt bestimmt zu deinen Eltern."

„Eltern?" Ein Gefühl der Angst beschlich sie. „Meine Mutter ist da?"

Joe nickte. „Sie ist vor etwa einer Stunde nach Hause gekommen."

„Danke", sagte Christina und übergab ihm den Führstrick. Das würde vermutlich schlimmer werden, als sie gedacht hatte. Sie wäre ihren Eltern sehr viel lieber einzeln gegenübergetreten. Sie sah Joe scharf an. Hatte er sie verraten?

„Hey, hast du deine Lizenz?“, fragte der Pfleger mit einem Augenzwinkern.

Christina nickte, als wäre es keine große Sache gewesen.

„Herzlichen Glückwunsch“, sagte Joe.

Er führte Sassy fort. Als sich Christina zum Haus wandte, trat Parker mit einem Besen in der Hand aus dem Hänger. Er lehnte ihn gegen den Laster und nahm Christinas Hand. „Ich komme mit dir“, sagte er.

Christina fühlte sich wie eine Verbrecherin auf dem Weg zu ihrem Prozess. Mit jedem Schritt ging sie ihrem eigenen Untergang entgegen. Sie versuchte, sich den Ausdruck auf den Gesichtern ihrer Eltern vorzustellen, wenn sie ihnen gegenübertrat … Enttäuschung … Wut … Unversöhnlichkeit …

Mike und Aileen saßen am Küchentisch, als sie und Parker zur Tür hereinkamen. Sie blickten noch düsterer drein, als es sich Christina ausgemalt hatte.

„Ich kann das wirklich nicht glauben, Christina“, fuhr Aileen sie an.

Christina stand in sich zusammengesunken neben Parker und sah ihren Eltern trotzig entgegen. „Wie habt ihr es erfahren?“, fragte sie.

Ihr Vater blickte sie hart an. „Vicky hat mich angerufen. Sie wollte uns erzählen, wie gut du in deiner Prüfung warst. Und dass sie sich gewundert habe, weil keiner von uns mit dir gekommen ist.“

„Mike hat mich natürlich sofort angerufen“, sagte Aileen. „Ich bin direkt nach Hause gekommen. Wie konntest du uns nur so hintergehen?“

„Wie geht es Stern?“ Christina versuchte, die anklagenden Blicke ihrer Eltern zu ignorieren.

„Es geht ihm gut“, antwortete ihre Mutter kühl. „Melanie und Dani kümmern sich um ihn.“ Sie sah Christina durchdringend an. „Ich weiß nicht, was in dich gefahren ist, so einen Alleingang zu starten. Bitte erklär mir, warum du nicht zuerst mit uns geredet hast.“

„Du hast gesagt, es wäre keine Zeit mehr, mich noch mal prüfen zu lassen“, verteidigte sich Christina. „Ich musste die Sache selbst in die Hand nehmen.“

Aileen sah Parker kurz an, dann wieder Christina. „Du hast das nicht allein durchgezogen.“

„Gib nicht Parker die Schuld“, sagte Christina schnell. „Er war auch dagegen. Es war ganz allein meine Idee.“

„Ich weiß, dass es falsch war.“ Parker sprach leise und blickte ihren Eltern geradewegs ins Gesicht. „Ich übernehme die volle Verantwortung dafür, dass ich Chris und Sassy zur Rennbahn gefahren habe. Aber sie wäre in jedem Fall irgendwie hingekommen.“ Er zuckte mit den Schultern. „Ich dachte, wenn man sie sowieso nicht aufhalten kann, ist es besser, ein Auge auf sie zu haben.“

Ein kleines Lächeln huschte über Mikes Gesicht. „Verstehe“, sagte er, wobei sein Blick von Christina zu Aileen wanderte. „Glaub mir, Parker, das tue ich wirklich.“

„Ihr solltet aber trotzdem wissen, dass sie großartig war“, sagte Parker. „Ihr wärt beeindruckt gewesen. Das viele Üben hat sich gelohnt.“

Christina hörte den Stolz in seiner Stimme und grinste in sich hinein. Sie war gut gewesen. Und sie war jetzt ein Jockey, ein richtiger Jockey!

„Du hast weitergemacht, obwohl ich dir gesagt habe, dass du noch Zeit brauchst“, sagte ihre Mutter und rieb sich dabei mit der Hand durchs Gesicht. „Du hast dich vollkommen unmöglich benommen, Chris." Sie legte die Hände flach auf den Tisch.

„Aber es hat funktioniert." Christina hielt den Umschlag mit dem Zeugnis hoch. „Ich bin jetzt zugelassen. Ich weiß, ich hätte mich nicht heimlich prüfen lassen dürfen, aber ich habe es für Stern getan." Sie rang nach Luft. „Ich konnte ihn doch nicht das Rennen ohne mich laufen lassen. Ich konnte ihn doch nicht im Stich lassen."

Aileens Blick blieb an dem Umschlag in Christinas Hand hängen. „Lass mal sehen", sagte sie mit plötzlich viel weicherer Stimme.

Christina zögerte. Würde ihre Mutter ihr die Lizenz wegnehmen? Nach allem, was sie dafür auf sich genommen hatte? Das konnte sie doch nicht tun!

Ihre Mutter streckte die Hand aus, und Christina schluckte fest. Dann gab sie ihrer Mutter das Zeugnis.

Aileen zog das Papier aus dem Umschlag und strich es auf dem Tisch glatt. Sie seufzte und blickte zu Christina auf. Ein kleines Lächeln zuckte um ihre Mundwinkel. „Es ist zum Verrücktwerden", sagte sie. Zu Christinas Überraschung war der Ärger aus der Stimme ihrer Mutter verschwunden – sie klang sogar fast erfreut.

„Was heißt das?", fragte Christina mit aufkeimender Hoffnung.

„Ich sollte furchtbar böse auf euch beide sein. Du hast die Prüfung gemacht, obwohl ich dagegen war. Du hast ohne Erlaubnis ein Pferd vom Hof geholt, und du hast meine Freunde dazu gebracht, sich mit dir zu verschwören."

„Sie haben sich nicht mit mir verschworen", sagte Christina schnell. „Ich habe Vicky erzählt, ihr wärt beide zu beschäftigt mit den ganzen bevorstehenden Rennen, aber ihr hättet mir euer Okay gegeben. Und das habt ihr ja auch", fügte sie rasch hinzu. „Ähm ... nur nicht für heute."

Ihre Mutter massierte sich mit den Fingerspitzen die Stirn, den Blick immer noch auf das Zeugnis vor ihr geheftet. „Es ist schwer, gleichzeitig stolz und wütend auf dich zu sein, Chris. Es macht mich wahnsinnig, dass es unmöglich ist, dir böse zu sein."

„Aber du bist auch stolz, oder?"

Aileen verzog das Gesicht. „Ja."

„Also kann ich Stern am Sonntag reiten?"

Ihre Eltern tauschten einen langen Blick.

Christina ergriff Parkers Hand und hielt die Luft an, während sie auf eine Antwort wartete.

Ihre Mutter sah sie wieder an und schüttelte langsam den Kopf. „Wir werden darüber reden", sagte sie. „Aber ich kann mir nicht vorstellen, dich für das, was du getan hast, auch noch zu belohnen."

„Aber wenn ich Stern nicht reite, verliert er!" Christina starrte ihre Mutter fassungslos an. „Du kannst mich bestrafen, womit du willst, aber bitte tu ihm das nicht an!"

„Wir reden später darüber", sagte ihr Vater. Christina merkte am Ton seiner Stimme, dass jede weitere Diskussion es nur noch schlimmer machen würde.

„Ich muss nach Hause", sagte Parker. „Wir sprechen uns bald, okay?"

„Danke für all deine Hilfe, Parker", sagte Christina. Sie schloss die Tür hinter ihm und sah ihm nach bis zu seinem Hänger, bevor sie sich wieder ihren Eltern zuwandte.

„Ich weiß, du sorgst dich um Stern und bist wahrscheinlich gerade nicht in Partystimmung", begann ihre Mutter. „Aber die Townsends haben uns für Samstagabend vor dem Rennen zu einem Dinner im Churchill Downs Jockey Club eingeladen, und wir fühlen uns verpflichtet, hinzugehen. Betrachte es als kleine Feier zu deiner bestandenen Lizenzprüfung."

„In Ordnung", sagte Christina emotionslos und verließ den Raum, ohne das Gefühl der Ausweglosigkeit abschütteln zu können, das sie umgab.

Kapitel 10

Über den Tischen im Speisesaal des Churchill Downs Jockey Clubs funkelten die Kronleuchter wie diamantene Wasserfälle. Die mit dunklem Holz vertäfelten Wände und ein sattgrüner Teppich verliehen dem Raum eine würdevolle Eleganz. Die Clubgäste, alle in ihrer besten Kleidung, saßen um große runde Tische, die mit weißen Leinentischtüchern und glänzendem Kristall und Silber gedeckt waren. Das leise Klirren von Silber auf Porzellan und gedämpfte Konversation umfingen den Tisch der Reeses.

Christina schaute in die Runde. Nah bei ihren Eltern saßen Ian und Beth, zusammen mit Sam und Tor. Vicky und Tom waren auch dabei; sie saßen Christina und Melanie gegenüber.

„Schön, dass du hier bist", sagte Christina zu Vicky. „Du siehst toll aus."

Die Rennreiterin wirkte vollkommen anders als auf der Rennbahn. Sie hatte ihr dunkles Haar hochgesteckt und trug ein enges rotes Trägerkleid.

„Ja, ich finde es auch schön, hier zu sein", erwiderte Vicky. „Ich habe morgen zwei Rennen hier. Und es macht Spaß, ab und zu mal aus den Stallklamotten rauszukommen und sich ein bisschen schick zu machen." Sie nickte Christina über den Tisch zu. „Du siehst aber auch sehr hübsch aus."

Christina lächelte zurück. Sie und Melanie hatten den Vormittag damit verbracht, sich gegenseitig die Kleiderschränke auf den Kopf zu stellen, bis jede das Passende für den heutigen Abend gefunden hatte. Christina hatte sich nach langem Hin und Her für ihr graues Seidentop zu Melanies schwarzem, knielangem Rock entschieden. Um den Hals trug sie die Kette mit dem Perlenanhänger, die Parker ihr letztes Jahr zu Weihnachten geschenkt hatte. Melanies Wahl war auf das blaue, ärmellose Kleid gefallen, das Christina letztes Jahr zum Ball der zehnten Klasse getragen hatte.

Mike schlug dezent einen Löffel gegen sein Wasserglas. Die Gespräche um den Tisch verstummten. Christina sah ihren Vater erwartungsvoll an.

„Aileen und ich freuen uns, den heutigen Abend für eine besondere Bekanntmachung nutzen zu können", begann er und lächelte Christina an. „Wir werden morgen einen neuen Jockey für Wunders Stern aufstellen. Christina wird ihn reiten."

Ein Gefühl der Erleichterung überwältigte Christina. Sie wollte von ihrem Stuhl aufspringen und vor Freude jubeln, doch sie riss sich gerade noch zusammen.

„Ja!", schrie Melanie und drückte Christinas Hand.

Glücklich stellte Christina fest, dass sich ihre Cousine sogar zu freuen schien, Stern nicht zu reiten. Melanie war eine wunderbare Freundin.

Von allen Seiten flogen Christina die Glückwünsche zu, die sie strahlend entgegennahm. Sie wünschte nur, Parker wäre da. Sie waren beide davon ausgegangen, das Dinner würde eine langweilige, quälende Veranstaltung werden, und Parker hatte sich irgendwie herausgewunden. Außerdem saßen die Townsends an einem anderen Tisch.

„Das hast du dir wirklich verdient – du bist sehr talentiert." Tom Turner, der neben Christinas Vater saß, beugte sich vor und erhob sein Weinglas. „Herzlichen Glückwunsch, Chris.“

„Das ist der Wahnsinn“, flüsterte Melanie neben ihr. „Jetzt können wir immer zusammen auf der Rennbahn reiten.“

„Oje, zwei von der Sorte. Das kann ja heiter werden“, bemerkte Sam, die mitgehört hatte. Tor und Ian lachten, und der Rest der Gäste stimmte mit ein.

Christina und Melanie genossen kichernd die gutmütige Neckerei.

„Das klingt ja nach einer lustigen Runde.“

Das Lachen rund um den Tisch erstarb, und als Christina über die Schulter sah, stand Brad Townsend neben dem Stuhl ihrer Mutter. Es war ein Gefühl, als hätte sich eine dunkle Wolke über ihren Tisch geschoben.

„Christina hat ihre Rennlizenz!“, quasselte Melanie aufgeregt drauflos. „Sie reitet Stern morgen.“

Brads Gesicht verhärtete sich, und aus zu Schlitzen verengten Augen warf er Christina einen undefinierbaren Blick zu. Sie hätte sich am liebsten unter dem Tisch verkrochen, doch stattdessen straffte sie die Schultern und sah ihm gerade ins Gesicht. Brad kann mir meine Lizenz nicht nehmen, machte sie sich klar. Er hat keine Macht über mich, nur über Stern.

„Gratuliere, Christina.“ Seiner leisen, kühlen Stimme fehlte jede Spur von Aufrichtigkeit.

„Danke“, murmelte sie.

Brad richtete seinen Blick auf ihre Mutter. „Du kannst sie nicht einfach als Jockey für den Hengst einsetzen. Warum wurde ich nicht gefragt? Ich habe meine Zustimmung dazu nicht gegeben.“

Christinas Herz schlug schneller.

„Sie hat die Reiterlaubnis, Brad", sagte Aileen in einem klaren, vernünftigen Ton. „Ich bin die Trainerin, und ich bestimme den Jockey. Christina ist die am besten geeignete Reiterin für Stern."

Brad schnaubte verächtlich. „Geeignet? Ihr Prüfungszeugnis ist so frisch, dass die Tinte noch nicht mal richtig trocken ist."

„Sie hat die Jockeylizenz", wiederholte ihre Mutter.

Brad richtete seine Aufmerksamkeit wieder auf Christina. „Wie viele Rennen bist du schon geritten, Christina?"

Sie holte tief Luft. Unter dem Tisch fasste Melanie ihre Hand und drückte sie.

„Keins", sagte sie und sah mit festem Blick in sein finsteres Gesicht.

„Dann werde ich das nicht zulassen."

„Du wirst es nicht zulassen?" Ihre Mutter starrte ungläubig zu ihm auf. „Ich habe sie bereits als Jockey angegeben. Die Rennleitung hat es abgesegnet."

„Setz einen anderen Reiter drauf", sagte Brad nur. „Sie hat keinerlei Erfahrung. Lass sie ein paar drittklassige Rennen reiten, bevor du sie auf ein Pferd von dem Kaliber setzt. Wenn morgen auch nur das kleinste bisschen schiefgeht, hat sie ganz alleine Sterns Karriere auf dem Gewissen."

„Das kann bei jedem Jockey passieren", gab Aileen zurück.

Christina wollte schreien. Für sie war offensichtlich, dass Brad und ihre Mutter ganz verschiedene Sorgen hatten. Brad befürchtete nicht, dass Stern sich wegen ihr verletzen könnte. Er hatte scheinbar Angst, dass er mit ihr gewinnen könnte!

„Wenn du keinen anderen Jockey nennst, lege ich Protest ein."

Ihre Mutter setzte zum Sprechen an, doch Brad brachte sie mit einer Handbewegung zum Schweigen.

Seine Stimme war leise, beinahe freundlich, doch seine Worte waren ein Schlag in Christinas Gesicht. „Als Mitbesitzer habe ich das Recht dazu. Wenn du darauf bestehst, Christina als Jockey des Hengstes aufzustellen, wird er von der Starterliste gestrichen werden müssen, was faktisch bedeutet, dass er verliert. Wenn du deine Tochter den Hengst reiten lässt, steht er bei mir im Hänger, bevor er auch nur einen Huf auf die Bahn gesetzt hat."

Christina erstarrte, als ihre Mutter die Schultern hängen ließ. Sie konnte sich nicht geschlagen geben. Nicht jetzt!

Doch als Aileen wieder zu Brad aufblickte, sah Christina es in ihren Augen. „Wärst du mit Melanie als Jockey einverstanden?"

Brads Blick schweifte über den Tisch und blieb kurz an Melanie hängen.

Christina spürte, wie ihre Cousine neben ihr erstarrte.

Dann antwortete er mit einem kurzen Nicken. „Sie ist okay", sagte er, machte auf dem Absatz kehrt und schritt davon.

Christina starrte ihre Mutter an, sprachlos vor Entsetzen.

„Hat er denn das Recht dazu?", wollte Melanie wissen. „Das kann er doch nicht machen, oder?"

Die übrigen Gäste um den Tisch herum nickten zögernd.

„Es ist nicht die feine Art, aber ja, er hat das Recht dazu", sagte Mike. „Stern gehört ihm schließlich zur Hälfte."

„Es tut mir leid, Chris", begann Aileen, doch bevor sie weiterreden konnte, stand Christina so hastig auf, dass ihr Stuhl nach hinten umfiel. Sie wirbelte herum und rannte durch den Jockey Club. Die Tränen zurückblinzelnd, die in ihren Augen schwammen, lief sie zwischen den Tischen hindurch und ignorierte die erschrockenen Blicke der anderen Gäste. Als sie die Tür erreichte, stürzte sie nach draußen und rannte blindlings über die Tribüne.

Der gelbliche Schein der Lampen durchbrach die Dunkelheit auf dem Rennbahngelände. Die Insekten, die um die Leuchtkörper schwirrten, ließen die Luft lebendig aussehen. Christina lief durch das Halbdunkel, an der verlassenen Kantine vorbei und zwischen den Boxenreihen entlang.

„He“, rief ein Stallbursche mit schläfriger Stimme von seinem Stuhl vor einer Box. „Wo brennt’s?“

Christina beachtete ihn nicht und lief weiter zwischen den Reihen hindurch. Pferde rührten sich, als sie an ihren verdunkelten Boxen vorbeirannte, einige wieherten leise und steckten neugierig die Köpfe heraus.

Bevor sie seine Box erreichte, stieß Stern ein leises Wiehern zur Begrüßung aus. Er reckte den langen, muskulösen Hals über die Boxentür und blickte in ihre Richtung.

„Oh, Stern.“ Christina schlüpfte durch die Tür, vergrub das Gesicht an seinem Hals und atmete seinen warmen, vertrauten Geruch ein.

Die Tränen, die sie mühsam zurückgehalten hatte, brachen hervor, strömten über ihr Gesicht und auf sein Fell. Stern stand reglos da, während sie sich von Schluchzen geschüttelt an ihn klammerte. Es war vorbei. Jetzt nahm man ihr alles, wofür sie so hart gearbeitet hatte. Christina wusste nicht, ob sie es ertragen konnte, sich das Rennen morgen anzusehen. Sie war sich sicher, dass es ihr das Herz brechen würde.

Irgendwann waren ihre Tränen erschöpft. Ohne Rücksicht auf ihre feine Kleidung sank sie ins Stroh und zog die Knie an die Brust. Stern senkte den Kopf und beschnupperte ihr Haar.

Christina sah auf und berührte mit den Fingerspitzen sein weiches Maul.

„Hör mir gut zu“, sagte sie. „Ich kann dich morgen nicht reiten, also gib dein Bestes für Mel, okay? Ich werde die ganze Zeit bei dir sein. Wenn du mich jemals verstanden hast, dann zeig es mir morgen. Wenn du nicht alles gibst und gewinnst, gehst du für immer zurück nach Townsend Acres. Ich weiß, dass es dort schrecklich ist, aber ich kann es nicht ändern. Es liegt jetzt an dir, dich zu retten.“

Kapitel 11

Christina schlang die Arme um ihre Beine und legte die Wange auf die Knie. Sie war zu überwältigt von ihrem Schmerz, um die Kraft zum Aufstehen zu finden. Stern spielte mit den Lippen in ihren Haaren und blies ihr seinen warmen Atem ins Gesicht. Hätte sie noch Tränen übrig gehabt, hätte sie wieder angefangen zu weinen.

„Chris, es ist Zeit zu fahren."

Beim Klang von Melanies Stimme blickte Christina auf. Ihre Cousine beugte sich über die Boxentür.

„Deine Eltern warten beim Auto auf uns. Komm."

Langsam erhob sie sich und klopfte das Stroh von ihrem zerknitterten Rock. Stern sah sie neugierig an, und sie umarmte ihn ein letztes, langes Mal, bevor sie aus der Box schlüpfte und sich von Melanie zum Auto führen ließ. Christina kletterte auf den Rücksitz und starrte apathisch aus dem Fenster, während ihr Vater zum Motel fuhr. Mit Melanie auf ihrem gemeinsamen Zimmer angekommen, ließ sie ihre Kleider achtlos auf den Boden fallen, kroch ins Bett und zog sich die Decke über den Kopf.

Nichts würde je wieder gut werden. Dafür würde Brad Townsend schon sorgen. Bis weit in die Nacht hinein lag sie wach. Schreckliche Bilder von Sterns Leben auf Townsend Acres jagten ihr durch den Kopf. Als sie einschlief, drängten die düsteren, trostlosen Szenen in ihre Träume: Ralph Dunkirk, der Stern hielt und grob an der Führkette rupfte, während Brad den armen Hengst anschrie; Stern in die

Ecke seiner Box gekauert, mit hängendem Kopf und glanzlosen Augen; Parker kurz vor seinem Abflug, der ihr vom Rollfeld aus zuwinkte …

Wie sehr Christina auch versuchte, die bösen Geister zu verscheuchen, ihre Anzahl überwältigte sie.

„Wach auf!“

Sie zog an der Decke und rollte sich von Melanies piksenden Fingern weg.

„Du musst aufstehen“, sagte Melanie. „Jetzt. Wir müssen zur Rennbahn.“

„Ich will nicht“, murmelte Christina. „Ich weiß, dass du alles versuchen wirst, aber ich kann nicht mit ansehen, wie er verliert, Mel.“

„Noch ist nichts verloren.“ Melanie zog die Decke vom Bett. „Du darfst nicht aufgeben. Jetzt ab unter die Dusche. Wir müssen los.“

Da Melanie ja doch keine Ruhe geben würde, schleppte sich Christina aus dem Bett. Mechanisch vollzog sie die Abläufe des Duschens und Anziehens und folgte dann ihrer Cousine nach draußen.

Es war fast zehn Uhr, als ihr Vater sie am Stallbereich der Rennbahn absetzte. „Deine Mutter treibt sich hier irgendwo rum“, sagte er. „Ich gehe sie mal suchen und besorge mir noch einen Kaffee, bevor die Rennen anfangen.“

„Komm.“ Melanie zerrte Christina zu Sterns Box. Zwischen den Ställen herrschte die übliche Betriebsamkeit vor dem Rennen. In den Waschboxen bekamen die Pferde ihr Fell mit Shampoo eingeschäumt. An einer freien Stelle hatte ein Schmied seinen Arbeitsplatz eingerichtet, und die Pferde standen Schlange, um mit den passenden Hufeisen für den heutigen Geläufzustand beschlagen zu werden. Dutzende Pferde waren vor ihren Boxen angebunden, wurden bandagiert, gestriegelt und von Pflegern, Trainern und Besitzern genauestens begutachtet. In den Ecken steckten Jockeys und Trainer die Köpfe zusammen und besprachen Renntaktiken, während Besitzer über das Treiben wachten.

Als sie Sterns Box erreichten, erwartete Parker sie schon. Er saß auf einem Plastikstuhl und blätterte das Rennprogramm durch. Als er sie sah, erhob er sich.

„Es tut mir leid, dass mein Vater so fies zu dir war", sagte er und legte den Arm um Christina.

„Du kannst ja nichts dafür." Christina griff in die Box, um Sterns Nase zu streicheln. Der Hengst machte einen aufgeweckten, gespannten Eindruck und blickte mit erhobenem Kopf neugierig umher. „Er spürt ganz genau, dass etwas in der Luft liegt", sagte sie. „Er weiß, dass heute sein großer Tag ist."

„Ich muss mal kurz rüber in die Umkleide", unterbrach Melanie sie unvermittelt. „Bin gleich wieder da."

Sie lief los und ließ Parker und Christina allein.

„Woher weißt du, was passiert ist?", fragte Christina und schaute zu Parker auf. „Du wolltest doch erst kommen, wenn das Rennen anfängt." Stern stupste sanft ihren Arm an, und sie streichelte ihn weiter, während Parker redete.

„Mel hat mich aus dem Clubhaus angerufen", sagte er. „Sie hat erzählt, es sei ziemlich schlimm gewesen. Aber mach dir keine Sorgen, Chris. Ich verspreche dir, dass alles gut wird." Parker drückte ihre Hand.

Christina rieb sich die Schläfen. Sie hasste das Gefühl der Ohnmacht, das sie gefangen hielt. „Nichts wird gut", sagte sie. „Dein Vater weiß, dass Stern nicht gut läuft, wenn ich ihn nicht reite. Er weiß genau, was er tut. Stern soll verlieren, damit er ihn zurück nach Townsend Acres holen kann. Wahrscheinlich denkt er sich, Dunkirk wird Stern schon so hinbiegen, dass er unter jedem Jockey gut läuft, sobald sie sein Training wieder in der Hand haben. Sie werden ihn ruinieren." Sie presste die Lippen zusammen, um nicht zu weinen.

„Es wird sich alles regeln", wiederholte Parker wie eine kaputte Schallplatte.

„Danke, dass du versuchst, mich aufzumuntern", murmelte sie. Sie lehnte sich an ihn und zog so viel Trost wie sie konnte aus seinen Beteuerungen. Sie wünschte, sein Arm um ihre Schultern könnte sie vor der bleiernen Hoffnungslosigkeit beschützen, die sie erfüllte, doch auch Parker hatte nicht die Macht, die Meinung seines Vaters zu ändern. Christina seufzte. Es lag jetzt allein an Stern und Melanie.

„Ich habe mich mal über die Pferde kundig gemacht, gegen die Stern heute antritt", sagte Parker und hielt das Programm hoch. „Er hat immer noch ziemlich gute Chancen."

„Nicht, wenn er läuft wie letztes Mal." Christina sackte in Parkers Armen zusammen.

„Sieh mal", sagte Parker. „Hier im Kommentar wird er immer noch als Favorit gehandelt. Hör zu: *Nicht zu vergessen Wunders Stern, Sohn von Jazzman und Derbysiegerin Aileens Wunder, der hier trotz eines schwachen Debüts mit höchsten Erwartungen an den Start geht.*"

„Hoffentlich täuschen die sich da nicht." Christina warf einen Blick zu Stern, der mit dem Kopf über der Boxentür dastand. Der Hengst blickte die Stallgasse hoch und runter und beobachtete das Treiben um ihn herum aufmerksam. „Mom und Maureen müssten bald hier sein, um ihn fertig zu machen."

Parker zeigte auf die andere Seite der Stallgasse, wo ein Pfleger einen schlanken schwarzen Hengst aus der Box führte. „Da drüben ist das Pferd mit der Nummer eins,

Seattle's Emerald, und gegenüber steht die Nummer vier, Light Fandancer." Er führte Christina die Boxenreihen entlang und zeigte ihr nacheinander sämtliche Starter in Sterns Rennen.

Während sich Christina anhörte, was Parker über die einzelnen Pferde zu berichten hatte, ging es ihr langsam etwas besser. Keines von ihnen schien eine so gute Abstammung zu besitzen wie Stern, und keines hatte so schnelle Zeiten im Training vorzuweisen. Zumindest was die aufgezeichneten Trainingseinheiten betraf, bei denen sie ihn geritten hatte.

„Chris! Parker!"

Als Christina aufblickte, ging Melanie ihnen langsam entgegen. Sie hielt den rechten Ellbogen mit der linken Hand an sich gedrückt und verzerrte schmerzvoll das Gesicht.

„Was ist los? Was ist mit deinem Arm passiert?" Christina starrte Melanie fassungslos an.

„Ich bin auf der Treppe gestolpert und mit dem Ellbogen auf eine Stufe geknallt."

„Auf welcher Treppe?", fragte Christina scharf. „Es gibt hier hinten keine Treppen."

„Ich meine die Treppe zum Büro", erwiderte Melanie. „Ich bin da vorbeigegangen, um mir ein Programm zu holen."

„Schnell. Geh zur Erste-Hilfe-Stelle und lass da jemanden draufgucken", sagte Christina panisch. Melanie durfte jetzt nicht verletzt sein – sie musste Stern reiten!

Melanie versuchte, die Finger zu bewegen, und zuckte zusammen. „Es ist bestimmt nur eine Prellung. Aber es tut weh wie verrückt. Ich glaube nicht, dass ich reiten kann, Chris."

Christina blickte entsetzt auf ihre Cousine. Der schwache Funken Hoffnung, Melanie könnte Stern vielleicht doch zum Sieg reiten, erlosch. „Aber du musst reiten“, beharrte sie.

„Ich kann nicht mal eine Faust machen. Wie soll ich da die Zügel halten?“

„Aber was machen wir denn jetzt?“

„Vielleicht solltet ihr ihn einfach vom Start zurückziehen“, schlug Parker vor.

Christina warf ihm einen vernichtenden Blick zu. „Zurückziehen? Du meinst, einfach aufgeben und ihn deinem Vater überlassen?“

Melanie sah sie aus zusammengekniffenen Augen an. „Dann musst eben doch du ihn reiten, Chris.“

Christina schüttelte den Kopf. „Brad hat Mom bereits gesagt, dass er Protest einlegt, wenn sie mich reiten lässt.“ Sie schaute zu Parker, damit er ihr zustimme.

Doch Parker hatte den besorgten Blick auf Melanie geheftet. „Chris“, sagte er. „Geh mit Mel zum Erste-Hilfe-Gebäude, sie soll sich den Arm verbinden lassen. Dann mach dich fertig zum Reiten. Ich habe ein paar Dinge zu erledigen.“ Er ging los und wandte sich dann noch einmal um. „Du wirst toll aussehen in den Whitebrook-Farben“, sagte er grinsend. „Wir sehen uns im Siegerring!“ Dann war er weg.

Alles ging so schnell, dass Christina kaum begriff, was passierte. Melanie fasste sie am Arm. „Los, wir müssen mich verarzten lassen, damit wir dich fürs Rennen umziehen können.“

Parker war zwischen den Ställen verschwunden. Da sie sonst nichts tun konnte, ließ sich Christina von Melanie in die andere Richtung ziehen.

Bei der Erste-Hilfe-Stelle verschwand Melanie mit einem Sanitäter in einem kleinen Behandlungszimmer. Christina wanderte den Flur auf und ab, während sie ungeduldig auf ihre Cousine wartete. Sie hörte Lachen und Reden durch die Tür. Es klang nicht, als ob Melanie starke Schmerzen hätte. Doch schließlich kam sie mit einer beeindruckenden Schlinge um den Arm und einem strahlenden Lächeln auf den Lippen wieder heraus.

„Der Sanitäter sagt, es sei wahrscheinlich ein traumatisches Hämatom und ich solle mich ein paar Tage schonen", berichtete sie fröhlich. Sie packte Christina mit ihrer gesunden Hand und zog sie zur Umkleide der Jockeys. „Komm!"

Christina ließ sich ein paar Schritte mitschleifen und blieb dann plötzlich stehen. „Ist das nicht nur ein geschwollener Ausdruck für einen blauen Fleck?", fragte sie.

Melanies Augen leuchteten auf. „Hey, zehn Punkte", sagte sie. „Wenigstens einer von uns hat im Gesundheitsunterricht aufgepasst. Jetzt komm!"

Im Jockeyraum angekommen, nahm sich Christina einen Augenblick Zeit, um sich umzuschauen. Sessel und Sofas verteilten sich einzeln und in Gruppen über den Raum, und in einer Ecke stand ein Billardtisch. An einem Ende des Raums gab es eine kleine Küche und an allen Wänden große Fernsehbildschirme. Hinter massiven Türen befanden sich die Sauna und der Massageraum sowie getrennte Umkleideräume für Männer und Frauen.

„Cool, hm?" Melanie schob sie in Richtung Damenumkleide. „Hast du dein Zeugnis dabei?"

Christina stöhnte. „Es liegt im Motel", sagte sie. „Ich habe nicht damit gerechnet, dass ich es brauchen könnte."

„Keine Sorge, ich suche Parker", sagte Melanie. „Er kann mich hinfahren, um es zu holen. Du ziehst dich um." Sie wandte sich zum Gehen um, und Christina ging auf die Umkleide zu.

Doch bevor Melanie die Tür erreichte, flog sie auf und Aileen stürzte herein. Als sich Christina umdrehte, fasste ihre Mutter Melanie bei der Schulter.

„Was ist hier los? Parker hat erzählt, du hast dich verletzt?! Was ist passiert?"

Melanie schüttelte den Kopf und zuckte die Achseln. Dann wiederholte sie die Geschichte, wie sie sich verletzt hatte. „Ich kann nicht reiten, Tante Aileen", schloss sie. Sie senkte den Kopf und sah zu Boden. „Ich muss Christinas Zeugnis holen, während du der Rennleitung den Jockeywechsel meldest. Wir haben nicht mehr viel Zeit."

„Jockeywechsel?" Aileen zögerte, doch nur für einen Moment. „Geh", sagte sie und schubste Melanie sanft in Richtung Tür. Dann wandte sie sich zu Christina um. „Du beeilst dich und ziehst dich um. Ich bin gleich wieder da."

Christina zog sich aus und schlüpfte in die leichte Nylonhose und die blau-weiße Bluse. Sie quetschte die Füße in Melanies Stiefel, fasste die langen rötlichen Haare zusammen und steckte sie unter Melanies Reithelm.

Als Aileen zurückkehrte, trug sie einen Sattel über dem Arm.

„Brad erlaubt das nie, oder?", sagte Christina, während sie sich die Bluse in die Hose steckte. Sie nahm ihrer Mutter den Sattel ab und setzte sich auf die Bank vor dem Spind. Geistesabwesend strich sie über den glatten Kunststoff des Sattels.

Aileen zuckte mit den Schultern. „Wir können nicht viel machen. Die Rennleitung war mit dem Jockeywechsel einverstanden. Ich hoffe nur, Brad bekommt nicht in letzter Sekunde einen Anfall."

Aileen wurde still.

Christina erhob sich, den Sattel über den Unterarm gelegt. Als sie merkte, dass ihre Mutter sie anstarrte, wurde sie plötzlich verlegen.

„Mein Gott." Aileen schüttelte den Kopf. „Oh, Chris, schau dich nur an." Sie drückte Christina an sich und hielt sie dann auf Armeslänge von sich. „Du siehst wundervoll aus, Schatz."

„Ich bin nur so froh, dass du hiermit einverstanden bist", sagte Christina. Sie blickte auf den Sattel hinab und stutzte. „Mom, das ist dein Rennsattel!", rief sie überrascht aus, als sie den winzigen, abgewetzten Sattel erkannte. „Deiner und Wunders."

Ihre Mutter nickte. „Er gehört jetzt dir, Chris. Stern ist nun an der Reihe, ihn zu tragen."

Christina warf sich ihrer Mutter an den Hals. „Du wirst stolz auf mich sein, Mom. Das verspreche ich dir."

Aileen schloss Christina ein letztes Mal in die Arme. „Maureen und dein Vater bringen Stern gerade nach vorn zur Tierarztkontrolle. Ich gehe sie abholen, und wir treffen uns im Führring."

Sie eilte davon, und Christina kehrte in den Aufenthaltsraum zurück, wo die Fernseher das laufende Rennen übertrugen. Christina sah einen Moment lang zu. Das Feld der galoppierenden Pferde bewegte sich wie ein dahingleitender Schatten um das umzäunte Oval. Bald würden sie und Stern dort draußen die Bahn hinunterfliegen. Ihr Lampenfieber verwandelte sich allmählich in gespannte Vorfreude.

„Das ist ja eine Überraschung."

Christina blickte auf und sah in Vicky Frontieres Gesicht. Die Reiterin trug einen schwarz-goldenen Renndress und sah so unglaublich professionell aus. Christina kam sich plötzlich wie ein kleines Kind vor, das sich mit den Sachen seiner Mutter verkleidet hatte, und ihr neu gewonnenes Selbstvertrauen bröckelte. Sie würde gegen gestandene Jockeys mit jahrelanger Erfahrung antreten. Aber, erinnerte sie sich, um sich Mut zu machen, niemand von denen hat ein Pferd wie Stern unter dem Sattel!

Schnell erklärte Christina, was passiert war. „Also reite ich ihn jetzt doch", sagte sie endlich. Sie sah Vicky mit gerunzelter Stirn an. „Reitest du im selben Rennen wie Stern und ich?"

„Ja. Und dem Programm nach bin ich direkt neben dir", sagte Vicky. „Dein Pferd hat Startbox sieben gezogen, und ich bin in der Nummer sechs." Vicky setzte sich neben Christina auf die Bank und stützte die Ellbogen auf die Knie. „Bist du nervös?"

Christina beneidete Vicky um ihre Ruhe und Selbstsicherheit. „Ein bisschen", gestand sie. „Aber ich habe das beste Pferd im Rennen, also habe ich nichts zu befürchten."

Vicky lachte. „Dein Optimismus gefällt mir", sagte sie. „Ich wünsche dir viel Glück da draußen." Sie tätschelte Christinas Knie und erhob sich. „Bis nachher auf der Bahn", sagte sie und ließ sie allein.

Sobald Melanie mit ihrem Zeugnis zurück war, ging Christina zur Waage, den Sattel ihrer Mutter über dem Arm. Sie sah zu, wie der Auswieger etwas auf ihrem Zeugnis notierte, und machte sich dann zusammen mit den anderen Jockeys auf, hinaus zu den Pferden.

Der Weg zum Führring schien sich ewig zu ziehen, doch endlich war sie dort. Christina gab ihren Sattel Maureen, die ihn zum Sattelplatz brachte, und gesellte sich zu Melanie und ihrer Mutter an den Zaun. Parker stand mit einem breiten Grinsen bei ihnen. Christina ließ den Blick über die Zuschauermassen schweifen, die sich um den Führring drängten. „Wo ist dein Vater?“, fragte sie Parker.

„Kümmere dich jetzt nicht um ihn, Chris“, entgegnete er. „Du hast ein Rennen zu reiten. Außerdem“, fügte er grinsend hinzu, „sehen sich meine Eltern die Rennen sowieso lieber von ihrer privaten Loge aus an. Wenn er den Jockeywechsel bemerkt, wird es zu spät sein, noch etwas zu unternehmen.“

Die Pfleger begannen, die Pferde herumzuführen, und Christina drehte den Kopf erwartungsvoll zum äußeren Ring, wo ihr Vater Stern gleich hereinbringen würde.

Neben ihr stand Melanie und hielt den verbundenen Arm dicht an ihrer Seite. „Ihr zwei werdet sie alle umhauen“, sagte sie.

„Danke“, entgegnete Christina, ohne die Augen von Stern zu nehmen, der jetzt um den Führring kam. Der Hengst sah umwerfend aus. Sein Fell glänzte in der Nachmittagssonne, und er schritt mit federnden Tritten und erhobenem Kopf dahin.

Als ihr Vater das zweite Mal vorbeikam, trat Christina vor. Parker hob sie hinauf, und dann saß sie endlich auf Sterns Rücken.

Christina rutschte ein bisschen vor und zurück, um sich an das Gefühl des Kunststoffsattels unter der glatten Reithose zu gewöhnen. Als sie losritt, im Kreis um den Ring, fand sie ihre Steigbügel, und mit den vertrauten Bewegungen von Sterns Schritt unter sich entspannte sie ein wenig.

Ihr Vater sah zu ihr hoch, als sie sich zu den wartenden Begleitpferden aufmachten. „Alles klar?“

Sie nickte und lächelte ihn an. „Alles klar bei uns“, sagte sie und klopfte Sterns wunderschön glänzenden Hals.

Ihre Stimme klang zuversichtlich, doch im Magen war ihr flau.

Als Mike Stern bei den Begleitpferden anhielt, drehte sich Christina im Sattel, um Parker zu winken. Doch da fiel ihr Blick auf Brad, der auf den Stufen über dem Führring stand und wütend zu ihnen herüberstarrte. Sein Gesicht war knallrot, und er zeigte kopfschüttelnd auf sie und Stern. Dann versperrte ihr jemand die Sicht, und Christina verlor ihn aus den Augen. Sie drehte sich weg und schluckte fest. Ihr Hals war wie zugeschnürt. Brad Townsend kam jetzt nicht mehr an sie heran. Er konnte nichts mehr tun, es war zu spät. Jetzt musste sie nur noch gewinnen.

Eine Frau auf einem falbfarbenen Quarter Horse ritt heran, um den Führzügel zu übernehmen und sie auf das Geläuf zu bringen.

Ein Klang wie von Trommeln dröhnte in Christinas Ohren, und sie fragte sich, ob mit den Lautsprechern etwas nicht in Ordnung sei. Es überraschte sie, dass sich Stern durch den Krach nicht stören ließ. Dann begriff sie, dass er das rhythmische, hämmernde Geräusch gar nicht hören konnte, denn es war ihr eigenes Herz, das so heftig schlug, dass es das Blut in ihren Ohren pochen ließ. Sie atmete tief durch, ein und aus, und klopfte wieder Sterns Hals. „Bist du auch so nervös wie ich, mein Junge?“, fragte sie.

Stern ging leichtfüßig neben dem Begleitpferd her, das sie für die Parade vor der Tribüne die Bahn entlangführte. Er fühlte sich unter Christinas Beinen an wie eine Feder, zum Zerreißen gespannt und ganz versessen darauf zu rennen.

Die Begleitreiterin trug über ihrem T-Shirt eine Sicherheitsweste, und unter ihrem Helm hing ein langer brauner Zopf hervor. Sie sah lässig und entspannt aus, doch Christina wusste, was für eine gefährliche Arbeit das Begleiten von Vollblütern war. Stern tänzelte ein bisschen, schnaubte und drängte gegen die Zügel, und sie war dankbar für die Gelassenheit, die die andere Reiterin ausstrahlte.

„Ganz ruhig“, murmelte sie Stern zu und streichelte seinen Hals. Der Hengst drehte beim Klang ihrer Stimme die Ohren nach hinten und beruhigte sich ein wenig.

„Er hat gute Manieren“, bemerkte die Begleitreiterin, wobei sie Stern mit einem bewundernden Blick streifte. „Der Letzte, den Sleepy und ich rausgebracht haben, wollte uns die Bahn runterschleifen. Hatte es wohl eilig, das Rennen anzufangen.“ Sie lachte leise in sich hinein. „Da ist er beim alten Sleepy aber an den Falschen geraten. Er hat lange Zeit als Roping-Pferd gearbeitet, hat also mit dem Lasso Rinder gehalten. Von so ’nem kleinen dürren Vollblut lässt der sich nicht beeindrucken.“

Christina lachte. „Ja, Stern weiß sich normalerweise zu benehmen“, sagte sie stolz.

„Er sieht nett aus. Viel Glück.“

Die Begleitreiterin hatte Christinas Nervosität ein wenig zerstreut, und als sie bereit zum Aufgalopp die Bahn hinunter waren, war Stern gelöst und aufmerksam, und Christina fühlte sich wach und konzentriert. Sie trieb Stern zum Aufwärmen in einen ruhigen Galopp, und er reagierte mit einem kraftvollen Schub nach vorn, bevor sie ihn wieder zurück an die Seite des Quarter Horse ritt.

Diesmal wurden sie zur Startmaschine begleitet, die auf der Gegengeraden aufgestellt war. Während sie sich im Schritt der gerüstartigen Maschine näherten, kehrte Christinas nervöses Flattern im Magen zurück. Sie hatte so viel Zeit damit zugebracht, sich vor der Startmaschine zu fürchten, und sie erschien ihr unwahrscheinlich bedrohlich. Sie schlossen sich den übrigen acht Pferden an und warteten, bis sie an der Reihe waren, in die Box mit der Nummer sieben geführt zu werden.

Christinas Anspannung wuchs mit jedem Pferd, das in seinen Stand gelotst wurde. Vickys Pferd, die Nummer sechs, stieg auf die Hinterbeine und wehrte sich gegen die Helfer. Für einen Moment sah es so aus, als könnte das Pferd seinen Willen durchsetzen, doch plötzlich war es drin. Stern war an der Reihe.

Die Begleitreiterin führte sie vorwärts und übergab Stern an die Starthelfer. Der Hengst zögerte nur eine Sekunde, dann waren sie in der Box und die Klappe knallte hinter ihnen zu.

Um sich herum hörte sie das Schnauben und Rumpeln der Pferde in den Ständern, das flüsternde Geräusch, wenn Seide an Seide rieb, und die leisen Stimmen der Jockeys, die auf ihre Pferde einredeten.

„Viel Glück", wünschte Vicky von nebenan.

Gern hätte Christina ihr ebenfalls Glück gewünscht, doch das konnte sie nicht. Stern musste dieses Rennen gewinnen. Im Moment war alles andere nebensächlich. Sie hörte noch eine Tür knallen, dann rief jemand: „Eins noch!" Ein Pferd fehlte noch, dann ging es los.

„Vergiss deine Brille nicht", hörte sie Vicky sagen.

„Danke." Christina streifte sich schnell den Augenschutz über das Gesicht. Ohne Brille würde der aufwirbelnde Sand sie blind machen. „Alles klar, Junge?", murmelte sie ihrem Pferd nervös zu.

Christina schluckte kräftig und holte tief Luft, um ihre Angst in den Griff zu bekommen. Sie verlagerte das Gewicht nach vorn, fasste die Zügel nach und machte sich auf den Moment gefasst, wenn die Klappen aufsprangen.

Durch den oberen Teil der Startmaschine konnte sie das Geläuf sehen. Die Sandbahn erstreckte sich scheinbar endlos vor ihnen, breit und glatt. Die Zuschauermenge im Innenraum war ein Meer aus Gesichtern, alle der Startlinie zugewandt. In der Ferne, beim Anfang des Bogens, sah sie das Flachdach der Kantine. An der gegenüberliegenden Ecke ragten die spitzen Zwillingstürme der Tribüne in den wolkenlosen Himmel. Nichts von alldem sah wirklich aus.

Setz dich ans Rail, halt ihn zurück, bis du durch den Bogen bist, dann schick ihn auf der Zielgeraden nach vorn. Und vor allem – atme! Christina wiederholte die kurzen Anweisungen ihrer Mutter wie ein Mantra. Und denk nicht so viel, ermahnte sie sich selbst.

Plötzlich gab es einen lauten Knall, eine Glocke schellte, und das Rennen war gestartet!

Kapitel 12

Für den Bruchteil einer Sekunde herrschte absolute Stille, dann spürte Christina die Bewegung wie eine mächtige Flutwelle unter sich losrollen. Sie folgte Sterns gewaltigem Sprung aus der Startmaschine, mitgerissen von der Kraft einer halben Tonne Pferd unter sich. Für einen kurzen, glorreichen Moment war niemand vor oder neben ihnen. Dies war ihr Rennen!

Die Stimme des Ansagers schallte aus den Lautsprechern über die Bahn: „Wunders Stern überzeugt gleich zu Anfang mit einem Traumstart."

Das Gefühl, an der Spitze zu sein, war fantastisch, doch die Gewalt, mit der der Hengst das Rennen eröffnete, war stärker, als Christina erwartet hatte. Sie griff in die Mähne, um nicht nach hinten vom Pferderücken zu fliegen, als sie in den ersten Bogen schossen. Während sie ihr Gleichgewicht wiederfand und ihren Sitz korrigierte, drosselte Stern ein wenig das Tempo, abgelenkt von ihrer Bewegung.

Christina konzentrierte sich auf das Blickfeld zwischen seinen Ohren hindurch, doch schon bald waren sie zu beiden Seiten von Pferden flankiert, und das Feld umspülte sie.

Meine Position ist immer noch keine schlechte, dachte sie. Ihre Mutter hatte sie angewiesen, Stern bis zum Schluss zurückzuhalten. Trotzdem machte es Christina nervös, im hinteren Feld mitzulaufen. Was, wenn sie nicht mehr aufholen konnten? Und es sah aus, als hätten sie bereits die meisten Pferde vor sich. Vielleicht sollte sie Stern am

Anfang des Rennens ein bisschen bremsen, aber doch nicht an letzter Stelle halten!

Sie schielte auf eine Lücke, die sich vor ihr auftat, und rang mit sich, ob sie sie nutzen oder lieber noch warten sollte.

Die Stimme des Ansagers war wieder zu hören: „Seattle's Emerald und Hot Mocha haben die Führung übernommen, Light Fandancer und Quickzawhip liegen dichtauf. Das übrige Feld sieht dahinter recht ausgeglichen aus; so erreichen sie die ersten zweihundert Meter."

Links und rechts von sich sah Christina die Jockeys über den Widerristen ihrer Pferde kauern. Getragen vom hämmernden Rhythmus des Galopps, duckte sie sich ebenfalls dicht an Sterns Widerrist und machte sich so klein wie möglich.

Sie fühlte die donnernden Hufe der die Bahn hinunterstürmenden Pferde mehr, als dass sie sie hörte. Dann verschwand die Lücke vor ihnen, als sich der Pulk der Pferde beim Einlauf in den zweiten Bogen am Innenrail zusammendrängte.

Sie hob den Ellbogen leicht an und warf einen schnellen Blick unter ihrem Arm hindurch. Sie sah keine anderen Pferde mehr hinter ihnen. Stern war der Allerletzte. Genau wie in seinem ersten Rennen. Christinas Mund wurde trocken. Das durfte nicht noch einmal passieren.

Sie blinzelte durch ihre matschbespritzte Rennbrille. Die anderen Pferde waren nicht weit vor ihnen, und Stern rannte längst nicht so schnell wie er konnte. Es steckte viel mehr in ihm. Hatte er sich etwa so daran gewöhnt, einen anderen Reiter auf dem Rücken zu haben, dass er nicht mehr auf sie reagierte? Nach allem, was sie zusammen durchgemacht hatten, durften sie jetzt nicht verlieren!

„Stern!“, schrie sie. „Komm – tu es für mich, Junge!“

Beim Klang ihrer Stimme zuckten seine Ohren zurück.

„Du kannst es schaffen, Stern!“

Sie nahm den linken Zügel kürzer und lenkte Stern dadurch zur Innenseite der Bahn. Die übrigen Pferde drängten sich am Rail, doch sie musste Boden gewinnen, auch wenn das hieß, hinter dem Rest des Feldes festzusitzen.

Der von den wirbelnden Hufen der Pferde aufgeschleuderte Sand spritzte ihr ins Gesicht. Sie war versucht, die Hand zu heben, um sich zu schützen, doch sie biss die Zähne zusammen und hielt die Zügel mit festem Griff, während Sandkörner sich wie winzige Geschosse in ihre Haut bohrten. Es tat weh, doch das Adrenalin, das durch ihre Adern fuhr, dämpfte den Schmerz.

Sie war froh, dass sie Helm und Brille trug, bis ihr klar wurde, dass Stern ebenfalls so bombardiert wurde.

Doch der Hengst lief frisch nach vorn, trotz des Schauers aus Dreck und Steinchen von den Hufen der Pferde vor ihm.

„Seattle's Emerald hält die Führung, Wizard's Magic mit der Nummer sechs setzt sich an die zweite Position, und Quickzawhip liegt Kopf an Kopf mit Light Fandancer an dritter Stelle. Hot Mocha ist mit dem restlichen Feld zurückgefallen.“

Dann klatschte ein großer Klumpen Sand gegen Christinas Wange. „Autsch!“, schrie sie, und als sie ihren Fehler begriff, war es schon zu spät. Fliegender Dreck füllte ihren Mund, und sie verschluckte sich beim Einatmen. Mit zusammengepressten Lippen kämpfte sie den Hustenreiz nieder. Fest entschlossen, das auszuhalten, konzentrierte sie sich darauf, zum Rest des Feldes aufzuholen. Als Christinas Gesicht so dreckig war, dass sie kaum noch etwas sehen konnte, griff sie hinauf und zog die oberste Brille herunter.

Sie hatte nicht gedacht, dass sie für das Rennen mehr als eine Brille brauchen würde, doch zum Glück hatten ihre Mutter und Melanie darauf bestanden, dass sie drei übereinander anzog. Die gebrauchte Brille ließ sie um ihren Hals baumeln. Tief über Sterns Widerrist gekauert, beschränkte sich ihr Sichtfeld auf die Schweife der Pferde vor ihnen, und sie horchte auf die Stimme des Kommentators, um eine Vorstellung von den Positionen der anderen Pferde im Feld zu bekommen.

„Seattle's Emerald fällt zurück, Light Fandancer geht nach außen, um Wizard's Magic zu überholen."

Sie sah den Innenraum zu ihrer Linken, in dem die Zuschauer, an denen sie vorbeifegten, zu einer bunten Masse verschmolzen. Sie konnte nicht entscheiden, ob das Tosen in ihren Ohren der vorbeipeitschende Wind war oder die Rufe der die Pferde anfeuernden Menge. Sie machte sich so klein wie möglich und ging mit den Händen im Takt an Sterns Hals mit, um den Hengst mit allem, was sie hatte, beim Rennen zu unterstützen. Sie mussten von diesem letzten Platz weg!

Sie erkannte Vickys schwarz-goldenen Dress weit vorn im Feld, und dann schossen sie auch schon am ersten Pfosten vorbei. Wenn sie nicht schnell etwas unternahm, würden sie ernsthaft in Schwierigkeiten stecken. Sie hatte zwar die Order, Stern bis kurz vor Schluss zurückzuhalten, doch er konnte unmöglich in letzter Sekunde acht Pferde überholen.

Sie suchte die Mauer aus Pferden vor ihnen nach einer Lücke ab, doch ihre Gegner rannten dicht nebeneinander. Die einzige Möglichkeit, an ihnen vorbeizukommen, war der Weg außen herum … doch das würde sie Boden kosten, und Stern müsste anschließend noch mehr Tempo machen.

Viel Zeit zum Überlegen blieb nicht, und es schien keine andere Möglichkeit zu geben. „Los, Stern", rief Christina. „Bitte, Junge, tu es für mich!" Auf ihre Gewichtsverlagerung hin bewegte sich Stern nach außen.

„Wunders Stern ergreift die Initiative und geht nach außen", hörte sie die Stimme über ihren Köpfen rufen. Ashley's Irish, das Pferd mit der Nummer fünf, begann vor ihnen nach außen zu driften. Wenn ihnen das andere Pferd den Weg abschnitt, würde Stern sogar noch weiter nach außen ausweichen müssen, um an den langsameren Pferden vorbeizukommen.

„Schneller, Stern", flehte sie. Sie mussten Boden gutmachen, während sie noch auf der Geraden waren.

Auf ihr Kommando bewegte sich Stern zügig hinaus und lief um die vier Pferde herum, die ihm den Weg versperrten. Ashley's Irishs Jockey im grün-gelben Renndress hob das Gesicht, als Christina Stern an ihm vorbeitrieb, und nahm dann die Hand mit der Peitsche vom Zügel, um seinem Pferd eine auf den Rumpf zu geben. Aus den Augenwinkeln sah Christina, wie das Pferd beschleunigte. Doch Stern behauptete seine Position, während sie an der Vierhundert-Meter-Marke vorbeiflogen.

„Bei vierhundert Metern hält Seattle's Emerald nach wie vor die Führung; Quickzawhip greift Light Fandancers zweiten Platz an, während Wizard's Magic zurückfällt." Christina konnte nicht glauben, wie weit sie immer noch zurücklagen. Dies war ganz und gar nicht das Rennen, das sie sich mit Stern erträumt hatte.

Vierhundert Meter gelaufen, noch neunhundert zu bewältigen. Christina fasste die vier Pferde, die noch vor ihnen lagen, ins Auge. Vickys brauner Hengst, Quickzawhip, ging schräg zum Innenrail und quetschte sich in eine winzige

Lücke zwischen Seattle's Emerald und Light Fandancer. Wizard's Magic fiel noch ein bisschen weiter zurück, und Christina schickte Stern nach vorn, bis sie fast Kopf an Kopf lagen.

Das Pferd mit der Nummer vier, Light Fandancer, hatte die Nase vorn, doch er lief an der Außenseite und musste schwerer arbeiten als die anderen, um das Tempo zu halten.

Christina lenkte Stern wieder nach innen zum Rail hin. Sie hatten die Hälfte der Konkurrenz aus dem Weg geräumt, doch sie mussten immer noch an vier Pferden vorbei.

Als sie in den Bogen rauschten, schwenkte Wizard's Magic, der zwischen Stern und dem Rail lief, nach außen und schnitt Stern. Der Hengst machte einen erschrockenen Satz zur Seite, strauchelte, und Christina fühlte, wie ihr alles entglitt.

Einen quälenden Augenblick lang rechnete sie mit dem sicheren Sturz, doch dann fing sich Stern wieder. Mit ohrenbetäubendem Tosen donnerten die Pferde an ihnen vorbei. Als sie die sechshundert Meter erreichten, war Stern wieder an letzter Stelle.

Wie in einem Alptraum, aus dem sie nicht aufwachen konnte, hörte sie die Stimme des Kommentators: „Nach einem Beinahe-Zusammenstoß mit Wizard's Magic läuft Wunders Stern wieder dem Feld hinterher."

Christina wollte schreien vor Wut und Enttäuschung. Sollte sie es wagen, Stern zu einem erneuten Angriff anzutreiben, um an dem Pulk Pferde vor ihnen vorbeizukommen? Aber das brauchte sie gar nicht. Dem Schimmel mit der Nummer fünf, Ashley's Irish, ging die Puste aus. Er wurde langsamer, und Stern schoss vorwärts, als sich eine Lücke vor ihm auftat. Sie schoben sich zwischen den Braunen mit der Nummer acht, Torrent, und Wizard's Magic.

Torrents Jockey warf ihr einen verächtlichen Blick zu. „Hat der keinen Speed drauf?“, brüllte der Reiter.

Christina ballte ihre Fäuste fester um die Zügel. Speed? Stern? Sie schürzte die Lippen. „Er läuft sich gerade erst warm!“, rief sie zurück. Sie drückte die Fingerknöchel in Sterns Mähne und flehte ihn still an, einen anderen Gang einzulegen. Der Hengst reagierte mit einem kraftvollen Schub nach vorn und ließ Torrent und Wizard's Magic hinter sich zurück.

Das Trommeln der Hufe und die rhythmischen, schnaubenden Atemstöße der Pferde klangen in ihren Ohren, während sie sich in die Mitte des Feldes schoben, doch sie konnte immer noch den Ansager hören, der Quickzawhip und Light Fandancer als Spitzenreiter nannte. Irgendwo in der Menge feuerten ihre Eltern, Melanie und Parker Stern an, der mit ungebrochenem Mut ein zweites Mal versuchte, zur Spitze aufzuholen.

Im Bogen ballte sich das Feld zusammen, und Christina wurde mulmig zumute. Es war alles zu dicht gedrängt, zu schnell. Einige der Pferde waren so nah an Stern dran, dass Christina ihre Nummern nicht sehen konnte. Über den Lärm der donnernden Hufe hinweg hörte sie die treibenden Zurufe der anderen Jockeys an ihre Pferde. Aus den Augenwinkeln sah sie eine Peitsche durch die Luft zischen und hörte sie an die Schulter eines Pferdes klatschen.

„Los, Stern!“, schrie sie. „Los, lauf!“ Stern verlängerte seine Galoppsprünge und zog leicht an den anderen Pferden vorbei nach vorn. Ein neuer Adrenalinstoß schoss durch ihre Adern, während sie durch den Bogen fegten.

Dann ging es wieder aus dem Bogen hinaus auf die Gerade. Vor sich sah Christina weitere Jockeys ihre Peitschen nach hinten schwingen. Für einen beunruhigenden Moment fiel ihr Blick auf den aufgewühlten Boden unter ihnen – ein Hexenkessel aus spritzendem Sand und wirbelnden Hufen. Für den Bruchteil einer Sekunde wurde ihr schwindelig. Sie riss das Kinn wieder hoch und konzentrierte sich wieder darauf, zwischen Sterns Ohren hindurchzuschauen.

Es ging jetzt auf gerader Linie zum Ziel. Christina nahm die Zügel in die linke Hand und griff hinauf, um sich die zweite Rennbrille vom Gesicht zu nehmen. Sie fasste die Pferde an der Spitze ins Auge, die immer noch mehrere Längen vor ihnen liefen. Vicky und Quickzawhip waren auf den zweiten Platz gerückt. Light Fandancer sah aus, als würde er an Tempo verlieren, und Quickzawhip rauschte an ihm vorbei. Seattle's Emerald lag jetzt an erster, Quickzawhip an zweiter Stelle. Stern galoppierte beherzt vorwärts, und bald kämpften Light Fandancer und Stern Kopf an Kopf um den dritten Platz.

Christina rührte mit den Händen an Sterns Hals. „Es ist so weit, Stern“, murmelte sie. Nun, da ihr nicht mehr acht Pferde die Dreckklumpen ins Gesicht schleuderten, konnte sie auch wieder den Mund öffnen.

Stern legte an Tempo zu und ließ Light Fandancer hinter sich. Aber es waren immer noch zwei Pferde vor ihnen, und sie hatten schon fast die Tausend-Meter-Marke erreicht. Der dritte Platz war nicht genug. Es hieß alles oder nichts. Es blieben ihnen weniger als zwanzig Sekunden, um das Rennen an sich zu reißen, sonst hatte sie Stern endgültig verloren. Christinas Magen zog sich zusammen, und ihr Herz schlug im Rhythmus von Sterns trommelnden Hufen. Sie beugte sich nach vorn und presste die Hände gegen Sterns Mähne. „Jetzt, Stern!“, schrie sie. „Jetzt!“

Beim Klang ihrer Stimme zuckten die Ohren des Hengstes nach hinten, dann spürte sie ihn unter sich in einen ungeahnten, noch schnelleren Galopp wechseln. Stern streckte die Beine zu unfassbar langen Sprüngen, und mit jedem mächtigen Satz verschlangen sie riesige Teile der Strecke.

„Lauf, Stern! Los, lauf!“ Mit all ihrer Energie flehte Christina den Hengst um mehr Speed an. Und Stern gab ihn ihr.

Sie spürte, wie sich seine Hufe in den Sand gruben und er gleichzeitig vom Boden abzuheben schien, und eine wilde Freude stieg in ihr hoch. Der Abstand zwischen ihnen und der Spitze schrumpfte. Seattle's Emerald schien an Schwung zu verlieren, und Stern schoss an ihm vorbei, als stünde der Rappe still. Mit Staunen spürte Christina eine neue Welle Energie in dem Hengst, während er die Bahn hinunterflog und mit jedem Galoppsprung schneller wurde. Vor sich sah sie das Schwarz und Gold von Vickys Dress. Die andere Reiterin trieb ihr Pferd vorwärts und klebte dabei dicht am Rail.

Wenn sie gewannen, dann nicht, weil Quickzawhip sich geschlagen gab. Stern würde aus eigener Kraft siegen müssen.

Christina klammerte sich an Sterns Rücken, und der Hengst rannte sich die Seele aus dem Leib, um das Pferd vor ihm einzuholen. Die Ziellinie kam näher. Sie hatten keine zweihundert Meter mehr vor sich.

Die Stimme des Ansagers schallte über die Bahn: „Quickzawhip führt, den zweiten Platz hält Wunders Stern, der nach einem unglücklichen Einstieg spektakulär aufholen konnte. Dahinter folgt Light Fandancer.“

Christina steuerte Stern näher ans Rail, um zu verhindern, dass Light Fandancer innen an ihnen vorbeischießen konnte. Stern lief immer noch frisch nach vorn – ihr fantastisches Pferd hatte seine Reserven immer noch nicht erschöpft. Doch vor ihr hielt Quickzawhip die Position am Rail. Die Zeit lief ihr davon.

Christina ergriff die letzte Chance, das Rennen zu gewinnen, und führte Stern nach außen. „Jetzt!“, rief sie und stürzte sich tief über seinen Hals geduckt auf die freie Sandfläche, die sich vor ihnen auftat. Der Hengst streckte sich und griff so weit mit den Vorderbeinen nach vorn, dass sie seine wirbelnden Hufe vor sich aufblitzen sah.

Als sie an Quickzawhip vorbeiflogen, erhaschte Christina einen kurzen Blick auf Vickys verdutztes Gesicht. Mit dem nächsten mächtigen Satz überquerte Stern die Ziellinie – mit einem minimalen Vorsprung vor Quickzawhip. Christina stellte sich in die Steigbügel und riss die Faust in einer Siegergeste hoch. Ein Jubelschrei brach sich aus ihrer Kehle Bahn. Sie hatten es geschafft! Sie hatten gewonnen!

Kapitel 13

Das Tosen der Menge erfüllte die Luft, und Stern galoppierte weiter, ohne langsamer zu werden. Als Christina die Zügel nachgriff, begann der Hengst, das Tempo zurückzunehmen, doch er lief weit in den Bogen hinein, bevor sie ihn zu einem Arbeitsgalopp bremsen und in einer Kehrtvolte zurückreiten konnte.

Der Vorreiter nahm sie in Empfang, als sie den übermütigen Hengst zurück zur Tribüne ritt. Er half ihr, Stern zum Trab zu bremsen, und eskortierte sie in Richtung Siegerring. Stern tänzelte aufgeregt, den Hals gewölbt, und schnaubte durch die Nüstern.

„Dein Pferd hatte wohl noch keine Lust, das Rennen zu beenden.“ Der Vorreiter schüttelte den Kopf. Der stämmige Appaloosa, den er ritt, drehte die Ohren und verlangsamte seinen Schritt, sodass auch Stern sich bremsen musste. „Es sah aus, als hätte er auf der Ziellinie sogar noch zugelegt. Was für ein Rennpferd.“

Christina streichelte Sterns schweißgebadeten Hals und strahlte den Vorreiter an. „Wir haben gewonnen!“, brachte sie heraus, während sie es selbst noch kaum zu glauben wagte. Sie war völlig erledigt, doch Stolz und Freude gaben ihr Auftrieb. „Wir haben gewonnen.“

Er nickte. „Oh ja. Das habt ihr.“

Sie beugte sich nach vorn und schlang die Arme um Sterns Hals. Hitze strahlte von ihm aus, und sie vergrub das Gesicht in seiner Mähne und atmete den intensiven Duft seines schäumenden Fells. Der Geruch des Sieges, dachte sie. „Wir haben es geschafft, Stern.“ Sie fühlte sich leicht vor Freude und tausend Felsbrocken fielen ihr von den Schultern. „Du bleibst bei mir auf Whitebrook!“

Christina und Stern trabten die Bahn entlang zurück, vorbei an den anderen Pferden, deren Jockeys absaßen. Pfleger betraten das Geläuf, um die schweißgebadeten Rennpferde zu übernehmen, und führten die erschöpften Tiere zurück die Bahn hinunter. Die Gruppe der Jockeys trat zu Fuß den langen Weg zurück zur Umkleide an.

Als Christina an Vicky vorbeiritt, hob die andere Reiterin die Hand und zeigte ihr grinsend das Victory-Zeichen.

„Schöner Ritt, Chris“, rief sie. „Nächstes Mal behalte ich dich im Auge. Ich hasse es, zu verlieren!“

Christina winkte freudestrahlend zurück, und Vicky drehte sich um, um mit den anderen Jockeys in der Umkleide auf ihr nächstes Rennen zu warten.

Nächstes Mal. Christina seufzte und klopfte Sterns dampfenden Hals. Es würde viele nächste Male geben. Sie und Stern hatten noch viele gemeinsame Rennen vor sich. Heute war erst der Anfang.

Ihr Vater kam ihr auf der Bahn entgegen. Der Vorreiter übergab Stern an ihn, und Christina sprang vom Rücken des Hengstes. Ihr Vater nahm die Zügel und strahlte sie stolz an. Ein Helfer nahm den Rennsattel von Sterns Rücken, und Christina folgte ihrem Pferd zum Siegerring.

Zögernd schaute sie sich um. Hier stand sie nun, doch es kam ihr unwirklich vor, wie ein Traum. So oft schon hatte sie mit ihren Eltern im Siegerring gestanden, wenn ein Whitebrook-Pferd gewonnen hatte, doch heute bekam es eine ganz neue Bedeutung für sie. Nicht nur Stern hatte gewonnen – sondern auch sie.

Als Christina auf die Waage stieg, begann sie, unkontrolliert zu kichern.

Der Auswieger sah sie irritiert an.

„Mein Gesicht“, erklärte sie und presste die Hand gegen ihre schmerzende Wange. „Ich muss so viel grinsen, dass mir schon der Kiefer wehtut.“ Sie spürte den Dreck, der ihr im Gesicht klebte, und wusste, sie musste fürchterlich aussehen. Doch was machte das schon? Sie und Stern hatten gewonnen.

Die Miene des Mannes hellte sich auf, und er hob belustigt die Augenbrauen.

Jemand drückte ihr den Sattel wieder in die Hand, und Christina wartete, während der Auswieger die Zahlen abglich.

„Herzlichen Glückwunsch zum ersten Sieg“, sagte der Mitarbeiter der Rennbahn. „Das war ein spannendes Rennen. Und glaub mir, Mädchen, ich weiß das. Ich hab schon ein paar gesehen.“

„Danke“, erwiderte Christina wie berauscht und sah zu, wie er etwas auf die Rückseite ihres Zeugnisses kritzelte.

Als er es ihr zurückgab, lächelte er. „Sehr gut gemacht. Wenn du jedes Rennen so reitest wie heute, hast du eine große Karriere vor dir.“

„Christina, hicr!“, ricf jcmand. Sie blickte auf und sah einen Fotografen winken. „Hör noch nicht auf mit dem Grinsen“, neckte er sie und schoss ein Foto, während sie noch auf der Waage stand, der Auswieger neben ihr.

Der Auswieger schüttelte ihre Hand, und sie stieg hinunter zu ihrer wartenden Mutter.

„Du hast gewonnen!“ Aileen wischte eine Träne weg, die in ihrem Auge glänzte. „Ich bin so stolz auf dich, Chris. Du warst unglaublich da draußen. Ihr beide wart unglaublich.

Absolut unglaublich.“ Der Stolz in der Stimme ihrer Mutter fühlte sich wunderbar an.

„Danke, Mom“, murmelte sie.

Aileen führte sie in die Mitte des Rings, wo ihr Vater schon stand und Stern hielt. Auch er strahlte sie an.

„Zurück aufs Pferd für ein Foto!“, rief der Fotograf.

„Rauf mit dir, Chris“, sagte ihr Vater, und im Nu saß sie wieder auf Stern, flankiert von ihren Eltern.

Stern schnaubte beim Klicken der Kameraverschlüsse. „Gewöhn dich dran, mein Junge“, sagte sie und klopfte seine Schulter. „Du wirst noch oft fotografiert werden.“

Christina blickte auf ihre Eltern hinab, die zu ihr auflächelten.

„Schönes Rennen, Chris“, sagte ihr Vater. „Du bist großartig geritten.“

„Der Jockeypreis für dieses Rennen ist eine hübsche Summe Geld“, sagte ihre Mutter und zwinkerte ihr zu.

„Aha“, antwortete Christina. Sie hatte keine Sekunde daran gedacht, dass sie auch Geld gewinnen könnte. Ihr einziges Ziel war gewesen, Stern auf Whitebrook zu behalten, und das hatte sie erreicht.

„Am besten, du legst es auf einem Sparbuch an, für dein Studium“, fügte Aileen hinzu.

„Ich hätte da vielleicht etwas anderes im Sinn“, sagte Christina geheimnisvoll. Sie wollte bis später damit warten, ihren Eltern von ihrer Idee zu erzählen. Sie war sich nicht sicher, wie sie reagieren würden, wenn sie ihnen eröffnete, dass sie einen Anteil an Stern kaufen wollte.

Der Hengst stampfte mit dem Huf und zerrte am Führstrick.

Christina sprang behände von seinem Rücken.

„Chris!“

Als sie aufblickte, drängelte sich Melanie durch die Menge, die den Siegerring belagerte. Parker war dicht hinter ihr. Beide lächelten übers ganze Gesicht. Als sich Melanie endlich zu ihr durchgeschlagen hatte, warf sie die Arme um Christina. „Du hast gewonnen!"

„Melanie?" Aileen sah Melanie aus schmalen Augen an.

„Was ist?"

„Dein Arm."

Melanie wusste nicht, was sie sagen sollte, doch nur für einen Moment. Dann begann sie zu grinsen. „Dem geht es schon viel besser", sagte sie schnell. „Dieser Sanitäter muss echt was draufhaben. Super Verband."

„Darüber reden wir noch", erwiderte Aileen, bevor sie sich zu einem Reporter aus der wachsenden Menge der Presseleute umwandte, die sich um den Siegerring drängte.

Parker stand am Rand des Rings. Als Christina ihm winkte, reckte er beide Daumen in die Luft und warf ihr dann eine Kusshand zu. „Ich muss dir was sagen!", rief er über den Lärm hinweg.

Sie bahnte sich ihren Weg zu ihm durch die Menge.

„Ich bleibe", sagte Parker und lächelte sie glücklich an.

„Du bleibst?"

Er nickte. „Ich gehe nicht nach Italien. Ich will das nicht – ich habe es nie gewollt. Ich bleibe in Kentucky. Dic Einzelheiten erzähle ich dir später."

„Oh, Parker, ich bin so froh!" Christina spürte, wie sie strahlte. Es wurde einfach immer besser!

In dem Moment schritt Brad auf sie zu, ein Lächeln aufs Gesicht gekleistert. Er beugte sich über den Zaun, der den Siegerring umgab, und streckte die Hand aus.

„Herzlichen Glückwunsch, Christina", sagte er. „Das war ein spannendes Rennen."

Christinas Lächeln versteinerte. Brads Freundlichkeit war vollkommen aufgesetzt, doch er war immer noch Parkers Vater und Mitbesitzer von Stern. Und obwohl er alles darangesetzt hatte, es zu verhindern, hatten sie und Stern heute gewonnen. Sie schüttelte seine Hand. „Danke, Mr. Townsend“, sagte sie höflich. „Stern ist ein tolles Pferd.“

Ihre Mutter schob sich zwischen Brad und sie und drängte Christina beiseite. „Christina und Stern haben heute gezeigt, dass sie es können, nicht wahr, Brad?“

Christina hauchte ihrer Mutter ein kleines Danke zu und wandte sich dann zu den wartenden Reportern um.

„Christina!“ Mikrofone wurden in ihre Richtung geschoben, und Kameras klickten, während sie die Presseleute anlächelte. „Wie war das, Stern als Fohlen mit der Flasche zu füttern?“

„Stimmt es, dass er eine Ziege als Kindermädchen hatte?“

Die Fragen prasselten von allen Seiten auf sie ein, und sie hatte kaum eine Chance, eine zu beantworten, bevor schon der nächste Reporter ihre Aufmerksamkeit verlangte.

„Christina! Noch ein Foto mit Wunders Stern, bitte!“

Gern tat sie ihnen den Gefallen und stellte sich neben Stern, der an ihren Haaren schnupperte. Sie streichelte seine Nase, während die Fotografen ihre Bilder schossen.

„Christina, hier!“ Sie erkannte in der Reporterin die Frau, die sie vor Sterns erstem Rennen interviewt hatte. „Das war ein fabelhafter Ritt, gratuliere“, sagte sie, den Stift über einem Notizblock bereit. „Wie hat es sich angefühlt, Wunders Stern zu reiten?“

Christina zögerte nur eine Sekunde, bevor sie antwortete. „Wie der Himmel auf Erden“, sagte sie lächelnd. „Er ist das beste Pferd der Welt.“

Ihre Mutter wandte sich von Brad ab und legte beschützend den Arm um Christina. Die Augen der Reporterin leuchteten auf, als sie Aileen erkannte. „Stern hat mich an Aileens Wunder erinnert, als wir ihn heute auf der Bahn gesehen haben“, sagte sie. „Was war das für ein Gefühl, ihn mit Ihrer Tochter im Sattel siegen zu sehen?“

„Es war ...“

Christina warf ihrer Mutter einen besorgten Blick zu. Sie hatte nicht darüber nachgedacht, was es für eine Wirkung auf ihre Mutter haben könnte, Stern heute rennen zu sehen, doch Aileen lächelte.

„... so ergreifend“, beendete ihre Mutter den Satz. „Ich bin sehr, sehr stolz auf meine Tochter, auf das, was sie mit diesem Pferd erreicht hat. Sie sind ein ganz besonderes Paar.“

„Hast du vor, in die Fußstapfen deiner Mutter zu treten?“, fragte die Reporterin Christina.

„Ich wäre überglücklich, wenn ich halb so viele Rennen gewinnen könnte wie meine Mutter“, antwortete Christina mit einem verlegenen Seitenblick zu Aileen.

Die Reporterin beugte sich näher heran. „Du hast da ein Pferd vom Format eines Kentucky-Derby-Siegers, genau wie seine Mutter. Wäre das nicht ein beeindruckender Rekord, besonders mit dir als Reiterin?“

Christina überlegte gut, bevor sie sprach. Stern im Derby zu reiten, wäre das Größte überhaupt, ganz zu schweigen von der Werbung für Whitebrook, die ein Derbysieg mit sich brächte. Doch es war nicht an ihr, Sterns Zukunft zu planen. Hilfesuchend sah sie zu ihrer Mutter.

„Wir haben uns noch nicht mal auf ein drittes Rennen für den Hengst festgelegt“, sagte Aileen schnell. „Wir wollen ihn nicht zu früh zu stark belasten und eine Verletzung riskieren. Wir haben reichlich Zeit, um Pläne für seine Zukunft zu schmieden.“

„Was meinen Sie – würde er in einem langen Rennen nicht noch besser abschneiden?“, fragte die Reporterin. „Ich habe mir seine Trainingszeiten angesehen. Er scheint ein Steher zu sein.“

Aileen warf Christina einen Blick zu. „Darüber werden wir sicher nachdenken müssen.“

„Christina, hier!“

Sie schwang herum zu einem weiteren Fotografen. Ihre Mutter legte den Arm um ihre Taille, und sie lächelten in die Kamera. Als Stern sie mit dem Maul anstupste, nahm Christina ihrem Vater den Führstrick aus der Hand.

Christina schaute zu Stern hoch. Der Hengst schob ihr die Nase entgegen, und sie warf der Reporterin einen schnellen Blick zu, die Hand über Sterns weiches Maul gewölbt. „Das ist erst der Anfang, nicht wahr, Stern?“

Der Hengst schnaubte und spitzte die Ohren für das nächste Siegerfoto.

Von Joanna Campbell sind im PonyClub bereits erschienen:

Vollblut-Serie:

Ein Pferd namens Wunder (Vollblut 1), 1998
Wunders Versprechen (Vollblut 2), 1998*
Wunders erstes Rennen (Vollblut 3), 1998*
Wunders Sieg (Vollblut 4), 1998*
Aileens Traum (Vollblut 5), 1998*
Wunders Jährling (Vollblut 6), 1998*
Samanthas große Hoffnung (Vollblut 7), 1999*
Keine Hoffnung für Sierra (Vollblut 8), 1999*
Um den höchsten Einsatz (Vollblut 9), 1999*
Letztes Rennen für Stolz (Vollblut 10), 1999*
Wunders Schwester (Vollblut 11), 2000*
Shinings Waisenkind (Vollblut 12), 2000*
Cindys Ausreißer (Vollblut 13), 2000*
Cindys junger Hengst (Vollblut 14), 2000*
Glorys Triumph (Vollblut 15), 2001*
Glory in Gefahr (Vollblut 16), 2001*
Aileens Abschied (Vollblut 17), 2001*
Glorys Rivale (Vollblut 18), 2001*
Cindy muss sich entscheiden (Vollblut 19), 2002*
Rebell der Rennbahn (Vollblut 20), 2002*
Champion im Rampenlicht (Vollblut 21), 2002*
Duell in der Wüste (Vollblut 22), 2002*
Ein Sturz mit Folgen (Vollblut 23), 2003*
Das Pferd ihrer Träume (Vollblut 24), 2003*
Melanies Schatz (Vollblut 25), 2003
Sterlings zweite Chance (Vollblut 26), 2003
Neue Hürden für Christina (Vollblut 27), 2004
Reiterferien auf Saddlebrook (Vollblut 28), 2004
Melanie unter Verdacht (Vollblut 29), 2004
Dylans Entscheidung (Vollblut 30), 2005
Ein Zuhause für Melanie (Vollblut 31), 2005

Cassidys Geheimnis (Vollblut 32), 2005
Der Herausforderer (Vollblut 33), 2006
Der Ruf der Rennbahn (Vollblut 34), 2006
Rennen um jeden Preis (Vollblut 35), 2006
Abschied von Wunder (Vollblut 36), 2007
Stern in Gefahr (Vollblut 37), 2007

Aileen-Serie:

Lightnings letzte Hoffnung (Aileen 1), 2000*
Ein Pferd zu Weihnachten (Aileen 2), 2000*
Warten auf Stardust (Aileen 3), 2001*
Kampf um Midnight (Aileen 4), 2001*
Der Verlierer (Aileen 5), 2001
Ein gefährlicher Ritt (Aileen 6), 2002*
Der Tag des Derbys (Aileen 7), 2002
Das verschwundene Fohlen (Aileen 8), 2003
Ein Herbst voller Abschiede (Aileen 9), 2003
Derby-Träume (Aileen 10), 2004
Aileens Versprechen (Aileen 11), 2004
Das Reitercamp (Aileen 12), 2005
Der Preis (Aileen 13), 2005
Rangers letzte Chance (Aileen 14), 2006
Stardusts Fohlen (Aileen 15), 2006

Der wilde Rebell, 1998*
Ein Stern geht auf, 1998*

*nicht mehr lieferbar